陕西省委宣传部重大文化精

次第生活

刘国欣

西安出版社

图书在版编目（CIP）数据

次第生活/刘国欣著.—西安：西安出版社，2019.2（2021.5重印）
（"陕西青年作家走出去"丛书）
ISBN 978-7-5541-3643-0

Ⅰ.①次… Ⅱ.①刘… Ⅲ.①散文集–中国–当代 Ⅳ.①I267

中国版本图书馆CIP数据核字（2019）第034073号

CIDI SHENGHUO
次第生活

著　　者：	刘国欣
出版发行：	西安出版社
社　　址：	西安市曲江新区雁南五路1868号影视演艺大厦11层
电　　话：	（029）85253740
邮政编码：	710061
印　　刷：	永清县晔盛亚胶印有限公司
开　　本：	889 mm×1194 mm　1/32
印　　张：	6.5
字　　数：	163千
版　　次：	2019年2月第1版
印　　次：	2021年5月第2次印刷
书　　号：	ISBN 978-7-5541-3643-0
定　　价：	39.00 元

△ 本书如有缺页、误装，请寄回另换。

序

贾平凹

正是天寒地冻万物凋敝时节，读到十位青年作家的书稿令人欣喜与温暖。这批作家的写作有想法也有锐度，如同一道亮丽的风景，让人感受到文学的蓬勃力量。

陕西青年文学协会成立几年来，在团结文学青年方面做了很多实实在在的事情。"陕西青年作家走出去"丛书的编辑就是一项令人感动的事情。第一辑丛书我看过，整体水平高，社会影响大，在推动陕西青年文学写作方面起到了凝心聚力的积极作用，也向外界集中展示了陕西文学的新力量。如今，第二辑丛书再次推出十位青年作家，颇有长江后浪推前浪的气势。事实上，他们中的很多人在文学创作上已经取得了不俗的成绩。这次，"陕西青年作家走出去"丛书（第二辑）被列为陕西省重大文化精品扶持项目，就说明了他们的创作得到了认可，可喜可贺。静心翻阅十本风格迥异的作品，他们的文学才情令人感叹。这些作品无论是写乡村还是写城市，无论抒情还是言物都有显著的特点。他们对于现代化冲击下的社会突变、世相百态和复杂人性把握得比较到位，看得出是有深厚文学积淀的。他们在写作技艺上的探索与尝试不拘泥于传统，精到而又大胆。既有传统的现实主义叙事，又融合了荒诞、象征等现代主义笔法。作品意象飞驰，胸怀远方，呈现出陕西青年文学富有时代活力的精神向度。整体阅读这十本书，很有冲击力。

有人说文学正在被边缘化，但通过一批批写作者不难看出，文学自有它的天地归宿。因为文学书写的是记忆生活，是一件打开灵魂通透人心的事情。文学的美是所有艺术形式里最能激荡人心的美。我想，即使在未来的智能化时代，文学的功用也不会被取代。

所以我们常说生活是文学的源泉。只有深入生活，才能创作出既有时代精神，又有思想深度和生活温度的作品，才能引起读者的共鸣从而产生社会影响。在互联网时代，信息的获取快捷丰富却又复杂多变。如何保持清醒的态度建立自己的文学写作观念值得大家思考。现在的一些文学作品的确精巧、华丽，读起来也有快感，但缺少筋骨和力量，说透了就是缺乏打动人心的感染力。我想，在这样一个众声喧嚣的思想体系里，写什么和怎么写不仅仅是青年作家面临的困惑和难题，也是我长久思考的问题。文学不仅反映生活，也要照亮生活。这大概就是文学的神圣与伟大之处。

当下，陕西的文学氛围非常好。省委、省政府高度重视文学事业，资助"百优作家"，号召文学陕军再进军。所以，耐下性子，静下心来，关注现实生活，关心国家命运，以甘于坐冷板凳的心态踏实写作，就一定能写出好的作品。我相信几十年后，再看这些作品，就会更深刻地理解"陕西青年作家走出去"的深远意义了。

（贾平凹，中国作家协会副主席、陕西省作家协会主席）

担当时代使命　勇攀艺术高峰

钱远刚

陕西是文学的沃土，青年是文学的希望。青年作家的成长成才一直是文学界重点关注的话题。陕西青年作家对文学坚持不懈的执着追求、扎实稳健的步伐、深切的生命体验与独特的审美意识展现出充满朝气、昂扬向上的蓬勃英姿。按照"出人才出精品"的要求，陕西省作家协会高度重视对青年文学人才的培养，不断完善工作机制，探索创新方法，千方百计地为青年作家的成长成才搭建平台、提供机遇，使陕西作家队伍呈现出文学发展新气象，成为文学陕军新生力量。

党的十九大描绘的"两个一百年"奋斗目标、开启中国特色社会主义建设的新征程，党和国家事业取得了历史性成就和历史性变化，为文学作品的创作提供了丰富的滋养，广大青年作家和文学工作者要与人民同在，与时代同行，与改革同向，与发展同步，自觉践行和弘扬社会主义核心价值观，坚持远大理想、提升思想境界、加强人格修养、拓宽文学视野，用心用情用功抒写我们伟大的时代，才有可能创造出展示时代风云际会、反映人民群众生活的优秀文艺作品！

气象万千的新时代属于每一个人，人人都是新时代的见证者、开创者、建设者。在习近平新时代中国特色社会主义思想指引下，陕西省委提出了大力推动"文学陕军再进军"的战略部署，我省文学事业繁荣发展，文学界精神面貌焕然一新，文学创作出现了前所未有的大好局面，这为青年作家提供了大有作为的用武之地。青年作家更要志存高远，克服"浮躁"，坚持以人民为中心的创作导向，深入生活，扎根人民，坚定文化自信，自觉向大师学习、向经典学习、向人民学习、向实践学习，守正出新，再创佳绩，努力攀登文学艺术新高峰。

去年，在省委宣传部指导下，在陕西省作家协会的支持下，陕西省青年文学协会面向全省青年作家公开征集作品，经过专家学者认真评选，共有十位陕西青年作家入选"陕西青年作家走出去"丛书第一辑，在文学界取得了良好的反响。今年，该丛书再次面向全省青年作家公开征集优秀文学作品，引起广泛关注，并被省委宣传部列入2018年度陕西省重大文化精品扶持项目。这是唱响做实新时代"文学陕军再进军"的一个重要举措，彰显出陕西新一代作家逐渐走向成熟，预示着陕西作家人才辈出，文学新人在具有厚重的历史文化、丰富的革命文化、灿烂的先进文化的三秦大地茁壮成长。

这次应征入选的"陕西青年作家走出去"丛书第二辑十本书摆放在案头，我一边翻阅着青年作家的辛勤之作，一边不禁为之欣喜。这些作品无论是描写现实题材的小说，还是抒情言志的诗歌，抑或是行文优美的散文、犀利尖锐的评论等等，无不体现出个人写作的进步与超越。他们不因为代际、职业和身份等问题，而缺少对世界的独特感受与敏锐观察。在不同的文学领域，他们表现出起点高、潜力大的特点，文学作品整体上呈现出丰富性和多样性。黄朴的小说集《新生》生动地描绘了城乡社会的众生之相，独特地展现了人性深处的幽微和光芒。武丽的小说《明镜》采用第一人称叙述，笔触精致，情节跌宕起伏，展示社会上特定群体不为人知的一面。刘紫剑的中短篇小说集《二月里来好春光》则多维立体地揭示了日常琐碎中各色人物的生存真相与悲喜故事。王闷闷的中短篇小说集《零度风景》用传统的文化底蕴和现代文本意识，表现当下社会高速发展下存在的问题，以及人与天地与万物的相抵触又相融合的矛盾复杂的心理。毕埜霖的诗集《月亮玫瑰》中一个个自然的物象，在她灵动的笔下，被赋予更生动更多义也更纷繁的诗学意义。穆蕾蕾的诗集《倾听存在的河流》折射出她精神探索的轨迹，随处可见她伫于一物一思而成的诗絮。刘国欣的散文集《次第生活》主要是对生活的内观活动，尤其对童年生活、民间陕北的文化记忆进行了观照。曹文生的散文集《故园荒芜》以故乡为载体，写乡人和事物在现代化冲击下的突变。王可田的评论集《诗观察》通过不同角度、整体性的观察、论述方式，对不同年龄段的活跃在诗坛上的陕西诗人进行了详尽、客观的解读和阐释。献乐谋的网络文学《剑无痕》以沈无眠为父报仇的桥段作为主线，体现出了天外有天、山外有山的感觉。这些作品在显露作者文学才华的同时，对于更新文学观念、传承与思索文学技艺、扩展文学疆域都做了有益的探索与尝试。

这是一个生机勃勃、千帆竞发的新时代，更是孕育文学作品、催生艺术精品的新时代。陕西的青年作家应该勇立潮头，敢于担当，肩负重任，坚持以人民为中心的创作导向，记录新时代，抒写新篇章。要抓住2019年中华人民共和国成立70周年、

2020年全面建成小康社会等重要时间节点，深入挖掘人民群众的豪迈激情和奋进历程，潜心创作出一批讴歌党、讴歌祖国、讴歌人民、讴歌英雄的文学作品，为实现中华民族伟大复兴的中国梦和陕西追赶超越提供强大的精神力量！

（钱远刚，陕西省作家协会党组书记、常务副主席）

目录

01 领牲

07 庙戏及其他

15 送灯

23 纸花铺

28 小石狮子

38 石碾

48 燕燕于飞

57 神鸦社鼓

64 鸡鸣岁月

71 保锁与开锁

80　陕北的火

86　小村坟茔

94　谢土

102　黑白：永恒的沙漠之渴

108　小村木匠

114　村庄庙宇

122　香梅姑姑的灵歌

130　黄土高坡的风

137　陕北年画

145　小城笔记

181　后记：回归，为了新的告别/周海波

领　牲

在我国古代的祭祀中，有"太牢""少牢"之说。"太牢"是牛、羊、猪为祭祀之物，"少牢"则缺牛，形式也比较小一些。"太牢"一般为皇家所用，规模较大。

在我陕北高原的坡上农家，现在每年仍然进行几次村庙的祭祀仪式，由村庄每家每户出人出力，杀羊或者猪，到庙里去领牲。西南地区彝族也有杀牲口祭祀的仪式，但与我们大有不同。与领牲相对的，有放牲。领牲一般是村祭，放牲则是单个人家。放牲的多是鸡，偶尔也有羊，头或腿上拴了红绳，表示放归山野，自生自灭，放的实际是它身上的灵。西方一个有名的哲学家遇见人打一条狗，就劝阻后说，他在这条狗身上看到了自己老朋友的灵魂。人类认为其他生物身上附着人的灵魂，除了表示一种对生命的敬畏外，大约总有一些其他理由吧。

领牲是村子里除过庙戏外最重要的祭祀形式。大约是受少数民族文化的影响，陕北高原古来属于塞外，地处黄河边，游牧文化和黄河文化结合，另外京都被贬的官员以及外来驻军齐聚这里，所以这里有很多不同于其他地区的民间仪式。这里的领牲，大约是受汉族以外的民族影响而形成的。

我们村一年领四次牲，都以农历计时，五月二十五、七月十五、八月十五、十月初一。五月二十五为祈雨；七月十五属于中元节，为鬼节；八月十五中秋，祈祷庄稼丰收；十月初一是民岁腊，祭祖。黄土坡上人家，不同的村庄领牲日子不同，祭祀的牲口也不同，但也几乎无脱两样，猪和羊，不可能有牛的。就是近些年，坡上人家也没有听说过有人杀牛。黄土高原千沟万壑，土地都在山坡上，很少有水田，大型机器作业无法爬山下坡，所以仍然处于农耕时代，鲜少有机器耕地，牛、骡子、驴依然是功臣。人们对牛有着感激之情，认为牛神是"扶江山"的老臣，所以牛几乎算家人一丁，因此很少被宰杀。我们村子领牲用的都是羊，选的是长得拴正干净的白绵羊羯子，或者长势周正的山羊，而不是一般的羊。如果是山羊，也必须为黑色，不能有白毛；如果身上有白毛，龙王会发怒，可能要下冰雹打死庄稼。

邻村叫赵寨，是个大村，人口众多。他们领牲不是羊，是猪。他们的日子选择是六月，为的是祈雨和谢雨。

五六月正是庄稼拔节长的时候，人们呼唤有个好天，下几次保墒雨，所以这时节周边村子领牲和唱庙戏的多。

五月份下的雨，都是关老爷磨刀雨。神仙磨刀需要用水，天上有水，地上就会有雨，所以五月是雨行月。陕北是个"圣人布道此处偏遗漏"的地方，跟整个中国文化的变化相比，总有点不赶趟子。迄今为止，在陕北，订婚结婚下葬之类说起日子，都是以农历为主。我这种常年在外的人，与家人打电话，也得经常转换时间概念。所以我说的五月行雨月，指的是农历。也许正因为把日子过得慢慢腾腾，所以陕北这片土地还未被彻底地裹进资本大潮里来，人们还没有黑白颠倒，依旧过的是人间生活，日出而作，日落而息。

　　领牲的事情由会首来做。会首是每家每户都可以做的，一年换一次，一次由两个人组成，轮到谁家就谁家出人。领牲，就是由会首出面，在一年的四个日子里，选定四只领牲羊，到领牲的日子，进行领牲。羊儿是村里放羊人家的，但每一只都是被估了价的。村里每户人家都出一份分子钱。领过牲后，羊儿被宰杀，分成几十份，骨头一份，肉一份，每家都可以分一小份。

　　逢到领牲的日子，一大早，两个会首就牵了活着的羊到庙里去。村庙在一个叫前坪的地方，是一个大坡，坡顶端是一块平地，建立着一个简陋的小庙。我出生的时候，还只是个土庙，像一间简陋的房子一样，不过有院墙，有庙门，全都是泥土坯子围出来的。里面供奉着五个龙王，都是泥塑，白龙黑龙黄龙红龙青龙，五条龙王佑护着我一村平安。我小时候在一个大雨天和爷爷进这个庙里躲过雨。爷爷是进了大门就下跪，进入神仙住的大殿，又一次下跪；我见神像庄严，也不由自主腿发软。待再次抬头，发现他们也不同于寻常画面上的神像，并没有如何凛然，便笑嘻嘻地想打闹着玩，被爷爷眼神制止，说不要骚扰菩萨。他老人家又跪下磕了一回头，念叨着龙王们不要怪牲口一样没长大的小孩。第一眼看见龙王的赫然，我仍然记得。若说世间有神有灵，那也是我第一次见吧。我进的第一个庙宇，是我村子的这座庙宇，土庙，土神。庙下面是一个大坡，埋葬着数不清多少代的村人。——直到现在，我还是不明白，我们黄土坡上人家为什么把还没有长大成人的孩子说成是不懂事的牲口。大约是牲口贱养，所以如此比对。

　　会首将羊领到庙里，向神灵上香，焚烧表章，嘴里念叨一番，无非是保佑村子风调雨顺，一年吉祥平安，希望他老人家普降大雨，拯救我一方百姓。香有几种，一般进庙门中心点一炷，东南西北各处都点，每尊神前一炷。一个会首肃穆凝神状，高声吟唱："天皇皇，地皇皇，海里有个老龙王，旱涝丰歉由他掌。领羊一只献神仙，下海雨，救万民。东海龙王上来了，上来了……"就如素日叫魂一样。一个会首如此高唱，另一个会首应着："上来了，上来了。"

管雨水的还有一小神是条小龙，叫小黑龙，是地方神。在当地传说里，小黑龙是民间女子与龙王的私生子。东海龙王游到此地，与民女生了孩子。某年，村里惹了龙王，大旱。小黑龙已经出生，还是个孩子，拜别母亲，就地打转，上天偷了三分雨，解除了旱灾。然而当他回到村庄，母亲因为他忽然变为旋风，吓得昏死过去，再也没有醒来。小黑龙就此上了天，再未回来。然而每年，若是求不来龙王的雨，村里就会领牲杀羊求小黑龙的雨，一般多是求而得的。小黑龙在我府谷县城的民间故事里有不同版本传说，反正他是雨神，可以偷的三分天雨，为人间解旱情。

我所知道的是，会首从来没有女的。祭祀是不让女人沾手的，女儿媳妇都不能，老妇也不行。庙里的龙王都是男龙王。过年年底写对子，无论女孩子毛笔字得多么好，总还是犯忌的，不能写。会首也不能当，怕脏了神仙。没有女人争着当会首，就如没有女人争着写对子一样，可是我并不是没有过那心。我想到这间庙宇，有感动，也有怨责。若说神仙有规定，神仙也是不公平的。大约公平只有自己去争取。可是人们习惯了不去做一些事情，就永远都不敢动那心了。

会首祷告完，将带去的半桶水一瓢一瓢地浇灌在领牲羊的耳朵上、脖子上。羊儿若全身抖动，说明神灵在接受贡品；羊儿如果不抖动，就继续给它的头顶上瓢泼水淋，直到它开始抖擞身子。有人见过始终没有反应的羊儿，这种情况，就说明村庄有人冒犯了神灵，神灵怪罪。但是鲜有这种情况。人类总是聪明的，不行，换个地方，人强制着，羊儿也得抖擞身子。

　　羊儿抖动身子，就说明神灵享用了贡品。然后，会首就将牲羊带回村子，选其中一家，铺设案桌，杀掉羊儿，各家分食生肉，一家一份。一般都很少，两三份加起来也至多一搪瓷洋碗。有些人家后来信仰基督，不参加祭祀，但是也不能犯众怒，只是出钱，羊牲则让别人领掉。

　　小时候，我很喜欢这样的日子。二月二灯盏节过后，就盼望着五月二十五，盼望着分点羊肉来吃，盼望着喝点羊汤。孩子们的嘴那么馋，因此一直都记着那味道。一年里的幸福味道，就由这几个日子和年组成。大了，远了，日子过得有模有样，却像是一天天都给别人看，那样简单的幸福和快乐，似乎很久没有享受到了。

　　五月七月到庙里领牲，多是为祈雨；八月和十月，则是为祈祷有个丰收的年，也是还雨愿。一年里是否有好收成，八月就可以看出来。领牲，名为祭祀，实是陕北人民苦中作乐、敬畏大地的一种生活方式。陕北长年缺雨，五七月间，天旱地荒，唯盼老天降甘霖。人们去祈雨，有时也请村中巫神去唱歌。一般会首亦可以唱《祈雨调》，不同的村庄歌词不同，但歌词慷慨悲凉，让人恓惶，千里万里，自成一种激越和壮烈。这种调子为我陕北高原独有，仿佛可以穿透灵魂，进入那懵懂的洪荒。江南悲歌，多是那种甜腻的怅惘和湿润的愁思，我陕北则是干裂的直见天地的那种质涩。

　　我府谷县文化馆，有一异人，常孤来孤往。他最拿手的歌曲是神官曲。一次有缘，听他唱《祈雨调》，歌词大约为：

　　　　晒干了，晒干了，五谷田苗子晒干了。龙王老家哟，救万民！

晒坏了，晒坏了，拦羊娃娃晒得上不了山。龙王老家哟，救万民！

杨柳枝，水上飘，轻风细雨洒青苗。龙王老家哟，救万民！

水神娘娘把门开，二位神灵送水来。龙王老家哟，救万民！

刮北风，调南风，玉皇老家把雨送。玉皇老家哟，救万民！

佛的雨簿玉皇的令，观音老母的盛水瓶。玉皇老家哟，救万民。

因为小时候常常听，所以我仍然记得歌曲，不过他主要唱下面几句，不断地重复回环，有十几次，时而高声，时而低徊。"龙王救万民哟，清风细雨哟救万民，天旱了着火了，地下的青苗晒干了……"如同一场旁若无人的哭泣。他在泣哭里走出了很远，不再回头。而我们在坐之人，却仿佛也被他的声音引领，一路往茫茫的前方去。

以后还见过这个人一次，匆匆忙忙地在县城的一个拥挤的小巷子走，不看人群，如同一只急于脱身的蟑螂，四处逃窜，他的《祈雨调》又整个地回旋在县城的上空。大约是因为经常唱这些悲伤的歌，感染了古调里的那种萧瑟，所以他整个的人有种连接天地的悲凉之气。

有所乞求的人生，显得那么低卑。从夏到秋的领牲祭祀，仿佛提醒大地上的人类，无论干旱还是丰收，都该心怀希望地活着。

庙戏及其他

　　我陕北乡下,黄土坡上村庄,每个村子都有庙会。庙会以给村里庙里菩萨唱大戏(主要是晋剧和京剧)为主,一年一次。大一点的村庄,一年会有两次的会。更小一点的村庄,会与邻村合并唱一台。我村庄一直都是三五百人,最大的时候,兼并过左右两个村子。我村为大队,后来的这些年,分开了,但庙会还是一年一次。前几年,改革开放富裕起来的人家,会在庙会之后再请一台小戏班,唱三天二人台。给庙上唱的大戏比较庄重,二人台上不得台面,村里执事每户轮流。只要请的二人台剧组,神仙们就会不喜欢,刮风下雨打雷声,一年到头让村庄不安宁。所以,为了安宁,人们总结经验教训——神仙们喜欢听晋剧和京剧等大曲目,所以正式的庙会是晋剧和京剧;大戏之后才是人戏,男荤女素的二人台。汉子婆姨喜欢二人台,小女子们也喜欢,但她们就是想听,也不敢在戏场上搬个凳子坐下来听,不然到处都是闲话,会说她思春。《牡丹亭》在我村庄一直上演着,大约有庙会起就有了,至少几百年。而唱大戏,婆姨女子老汉小伙子,都可以搬着板凳坐下来。

庙会也是一般人家男女见面相亲的地方。被相的女孩子，自然不能像平日大剌剌迈着步子满露天戏场地跑，就坐在凳子上，拿个针线包，绣鞋垫或者织毛衣，边听戏边干活。陕北人家娶亲，一般不出三五十里，再远了媳妇几乎都算是买来的了。婆家和小伙子这时候就会来看，村庄里的小伙子也会出动。看戏虽然是放松的活动，一年到头不多的村庄娱乐，但这时候被相亲的女子，忐忑不安如同小鹿，然而还是会扯着母亲或者姐姐妹妹们，坐在戏台下，一坐一下午，或大半个晚上。因为唱戏通常是下午一出，晚上一出。男方来来回回也不易，眼神来去，电光石火，就在这几天啊，谁不想这个时候做个主角，出尽风头？然而也有不顺意的，明明看重高个子瘦弯弯的妹妹，娶过来的时候却成了胖嘟嘟矮个子的姐姐。这事情就发生在我堂哥身上。一家人家两姐妹，介绍人也没有具体说清楚个子低的才是姐姐，结果一切聘礼都下了，才知道了真相，新郎也就没了办法，反正娶姐娶妹总归是可以娶一个的，哪个女儿都不愁嫁。于是，这样一凑合，一辈子也就凑合了。现在堂哥一儿一女，像寻常夫妻一样，也吵架也打架，不过早就不为这一码事情。

小时侯经常看见这样的相亲，十几个堂姐几乎都经过这样的方式被一个个娶走了。因此，庙会，也是她们的盛会。当然，这个时节别村的姑娘们也会来，与她们相中的小伙子约会，或者来"采风"，为她们的将来做准备。无论社会多么自由，我陕北姑娘嫁人，总还是自己相一相，然后再走走介绍人和父母的过场，不会直接告别爷娘随郎去。

大戏通常都有悲剧色彩，一般唱三天，五场或六场，三天三夜。中间的日子叫正日子，人最多。周边村庄来很多人，做生意的小商贩也会来。城里人好奇，开着车子带着老人也来。大戏有《穆桂英挂帅》《打金枝》《九件衣》《斩秦英》《狸猫换太子》《算粮登殿》（关于薛平贵的戏）等。诸如这些戏，都是汉民族的传奇故事。女子们最感兴趣的是《九件衣》，虽然说的是表兄妹私定终身女助男考金榜结果嫁衣被偷的事情，每年都没有花样翻新，但是舞台上那婀娜女子因为情人被疑偷了人家嫁衣屈死厅堂，她挺身而出力证清白让人难过，尤其是最后她无心独活愤而自杀那一出，宛转蛾眉，落尽桃花，她所佩戴的头饰掉落地上，台下少女们心都死了，不忍看，却每每几个姐妹总是在这个时候集中精神专注台前。这一出演完了，好像庙会也过完了。因此，汉子们和剧团写戏的，有些就不喜欢这一出，觉得太悲，家里娘们嚎嚎着为这出戏半夜不睡，太折腾人。而女人们一年里如果不看这么一出，总还是心里空落。及至后来大学时代，看了吴虹飞主唱幸福大街表演的《妈妈，看好我的红嫁衣》，像是想起前尘往事，我整整哭了一个下午。杨家将的故事是黄土坡上人家小儿都可以随口讲的，几天几夜不重复。陕北人的历史意识特别强，和小时候经常听戏听书不无关系。大多人都知道"甘罗十二拜相""韩信胯下之辱""刘秀封树王""陕北龙王长黑羊头""钟馗嫁妹"……陕北人对薛平贵是又喜又厌，厌的多是女子，喜的皆为男儿。戏剧里有文，王宝钏守寒窑，水里照见生白发，才觉十八年惊过。乡下婆子说王宝钏没福分，才当了娘娘就死了。女子们不喜欢，也不无道理，谁都怕前车之鉴。对于女子们来说，前朝前代无论多么辉煌，还是一路行着的现在最好。如果王宝钏当时也有微信微博，也可以网上人肉搜索薛平贵，大约也不会苦守十八年，把自己守成了一截朽木。所以坚贞女子多是因为社会信息不发达造就的。放在当代，王若早知薛已经荣登别国驸马，恐怕自己也已经长别寒窑了。陕北无论是大戏还是小曲二人台，节目里对于女人都是宽松的，就是《狸猫换太子》，也是一路笑嘻嘻，长袖一抖，活狸猫变死太子。这虽然是悲剧，毕竟杀人不应该，但是这戏剧似乎很解民间女子恨。皇帝人人当，女子也可以做，所以武则天在陕北，是和土生土长的杨家女郎享受一样的待遇，甚至更胜一筹。至于《斩秦英》《甘罗封相》《桃园结义》《包公案》的戏，那是男儿的，我记起来的实在不多了，不过仍然记得包公斩忘恩负义的陈世美，这个我总和曹植的七步诗记混，好像举步之间负心人就已经身首两地。现在想来都觉得好过瘾，但长大后想起这些，总觉得负心人有负心人的自由。婚姻里爱不再持续，维持空虚的壳，道德律者以此做要挟，要死要活，也是满让人为难的。人若生而不自由，不如归。

　　二人台是年轻夫妇们喜欢看的曲目。陕北属于"圣人布道此地偏遗漏，礼仪廉耻到此一笔勾"的地域，二人台几乎全部有违纲常人伦，里面不是公公爬灰媳妇偷情，就是寡妇养汉子，几乎无一不指向性生活，而且歌词也多不落实在官方价值指向上，更多是娱乐狂欢，好像要的就是突破禁忌的毁灭和畅快。二人台的生活，是未经文明规划的人的理想生活，是那种混沌初开破坏一切的力量宣泄。二人台的曲目有《五哥放羊》《王成卖碗》《夫妻观灯》《卖菜》《牧牛》《压糕面》《戏貂蝉》等。很多曲目是即编即演，与传统节目的大戏不同，不固定，荤话连台。年轻婆姨女子在台下，也破除了娇羞相，火辣辣一副情欲不满的样子。因此，二人台是非常撩人的。这个时候刚结了婚的年轻男子，往往会格外照顾自己家的婆姨，一不小心怕人勾了去成云雨之欢。

　　我们村的庙会是在农历正月二十，二人台是正月二十四或者其他日子。二人台不固定，可唱可不唱。二人台由村中富裕人家主持操劳，庙会则是全村的，每家都分摊一份子钱。但是戏台是一个戏台，只是剧组不同剧目不同而已。

戏台在村庄顶端那块平地上，五六十年代建立过三间大房，我父亲年轻时做生意卖白面，三间大房库存过一段时间面粉。到我记事起，已经是上世纪九十年代了，三间大房放些庙里物什，都已残破漏雨，但还没有倒塌。现在大房则全部毁弃，但庙台还在，仍然是露天的。唱戏的来之前，村中青壮年搭建戏台，用各种长短不一样的木头木棒，然后盖上大帐篷。这点不比经济发达的一些村庄。那些村庄修了牌坊，盖了村庙台，兴建了庙宇。有一个村庄走出的富翁，甚至给村中每户盖了一座小别墅，可惜不是我们村。我们村子依然处于农耕时代，我家更还在前农业时期，放羊养殖，耕织生活。

戏子来时正是开春前。草木有一年一度又一次出发之态。鸟儿早就跃然枝头，它们在冬天分外与人亲，这时节亦然，因为这时候村里食物比山间多。戏台外有一排白杨树和枣树，有几个场面，打场用的，干草垛子和糜草垛好几个。小戏子们喜欢在场面上练说唱念打，他们穿花花绿绿的衣服，唇红脸颊白，一副佩戴令人羡慕。他们累了，会在糜草堆上坐下，唱歌，荡荡的。那声音隔了十多个年头的现在我仍听得见。那时候我最大的理想就是跟着戏班子去讨日子，吃百家饭。他们到每一个村庄，都是三三两两分在不同的人家，住和吃。我喜欢他们四处游荡，喜欢他们四海为家，喜欢他们在不同的地方迎接同一个落日和朝晖。我到现在还羡慕他们，以至这么些年，在我的戏子梦因为各种原因破灭后，我仍然经常试图和他们建立各种不同的联系。我喜欢叫他们戏子而不是演员。我喜欢的是行走在山野间为村人农民唱歌的戏子，他们也来自寻常百姓人家，没有受过什么高级别的教育，也没有在一种豪华的舞台上如何装模作样地演出过。我想我喜欢的是他们身上的风尘，还有那双停不下来的双脚。如果世界上有一种人类有翅膀，我觉得应该属于这些乡间的戏子。他们的声音里藏着野桃花的香味，我爱他们就如爱我不可名状的前身。

我和一群小孩子簇在戏台下看戏，穿来穿去，有时候也会好奇地爬上戏台，靠在台柱子前。有时还会撩起帐篷，进入后台，痴痴地望人家出台或者散场，望俊俏的男子转身为女郎……

一场黄土风，从春刮到冬，除了自然的颜色，一年到头，村庄里，就只有庙戏的日子和红白喜事才有颜色。庸俗的花红柳绿，满脸皱纹的老太婆山花插满头，平时一本正经的老爷爷一身红袄着身，两片红脸蛋对着台子。一截截不同颜色的腿闪现在台布下，有的心在台，有的心在野，但是总得把一出戏演完。人家交了钱，怎样都得扮下去。

小孩子们台底下跑啊跑啊跑，仿佛一整个天空都是这样的，仿佛一辈子都可以这样过，这样喧闹。喇叭声欢，唢呐声咽，周边的所有村子，甚至整个世界，都可以听得到。

《九件衣》里的姑娘轻移莲步，抽抽搭搭地过来了，只在幕后转了个圈，就瘦了大半个身子。她双手捧着一只绣有鸳鸯的鞋子，比划着，说着无声的语言。她的情郎已经死了呀，死了呀，她的母亲也过早地死了。这九件衣是她珍藏的红嫁衣，拿给要去考秀才的表哥，让他抵给当铺……姑娘的心事这么简单，九件衣却成了凶杀案。

台下的人流着眼泪，台上的姑娘本来前几分钟还在戏台后轻笑，这时候也真的哭了，擦拭着衣襟。一切都像是无声，没有人发出语言，只是看着，看着。庙台幽静，鸟儿也沉默地立在枝头不飞走。整个下午就这样过去了。咿咿呀呀的音乐，像是自动在那里抽泣，人们的表情木木的，木木的，屏风上的花鸟也木木的。

只有颜色在动,水翠、幽蓝、桃红、梨白、玄黑、苔褐、烟灰、土黄、酱紫,九件嫁衣,成了九件冥衣。情人唯有来生缘可续,可是谁知道来生有无缘分?谁知道是孽缘还是善缘?人们在台下各自思量着。幼儿哭闹,卖碗饦的趁着大人悲伤叫嚷着给小孩填肚子,好做小孩生意。舞台的幕布被风吹起,破落的部分撕裂。是早春的风,真实的现世,在台上也在天下。

神仙在人群后面的红泥台上的木头位子里嵌着。那是村神。远处叫做前坪的庙斜对着戏台,庙下面是长坡,埋着村庄几辈子十几辈子的人。神仙总是住在高处,俯视众生,一年一度看戏台上的女子哭自己的嫁衣。

人头攒动,各涌情思。木头墩里的神,有时是塑料身,有时是泥身。他们住在自己的龛下,不知道怨恨不怨恨来来往往村人。但神仙应该也需要人们来玉成,没有人类的崇拜,没有龛位可坐,又怎么算得上神仙?因此人和神相互糊弄。如果刮风下雪春日起雷,村子就会觉得是神仙起恚了,不舒服。这一年的其他五个为神领牲(杀羊祭祀)的日子,村里轮到理事的两个会首,就会格外注意。如果唱大戏的那几天天天出太阳,就说明神仙喜悦,心里明亮,整个村庄的人就都格外地畅快,知道一年通顺已得祝福,有时就会要求戏子继续加戏,给钱,有时则会多给戏子们一些奖赏。

千禧年的开初十年,村庄壮年出行,人丁寥落,庙戏也就没前些年热闹了,除唱给神仙外,还专门唱给村内鳏寡孤独。近几年因为整个中国环境不景气,农民回流,又开始种庄稼,所以一度没有人如何热闹观看的庙会,又兴盛起来。村子虽然被搬迁过,但是回到旧村住的住户越来越多。戏台在旧村,搬迁的时候,没有考虑鳏寡,因为他们这一代之后就几乎没有人住了,所以不为他们的搬迁做规划和考虑。现在人口回流，旧村又热闹起来。鳏寡们的大节，就是庙戏。所以无论庙戏多么陋俗，被多少人认为妨碍现代文明的进程，我总觉得是好的。它是遥遥古人的问候，是心里最清最白的安慰，是唱给山川河流草木鸟兽和村庄里的孤独者的，也唱给远走的游子。

"要么杨六郎，要么卖麻糖。"这是戏文里的一句话。村话专治富贵病，村戏其实也亦然。当我在城市里行走，无端生出一些心事，想到被叫做"刮野鬼"的戏子，感觉就像找到了同类。"刮野鬼"是黄土坡上人家方言，对于那种一年到头不着家的人的称呼。戏子是一类，我这样一年到头南北飘零的人也是一类。"刮风"和"刮野鬼"都是一个"刮"，这里面的自由况味却很难为外人全部道出。

送　灯

　　我要说的是陕北乡下的一种送灯习俗，对于亡灵的安慰。民间有话：人死如灯灭。陕北府谷乡下，若是逢着丧事，也常常能听到这句话，小孩子是听惯了的。灯一盏盏的，灭下去，一下子，可以想象。人的身体是火，气息是火，是点燃的灯，靠着内在的燃烧积蓄能量。人的喘息停止，心火灭，灯灭。

　　陕北乡下，现在仍然大多是土葬。人去世是避讳说死字的，尤其是上了年纪的人，说"殁"。对于未成年或者那些未有子嗣还不到五十岁就离世的人，会用死字称。

　　人死之后，要点三个晚上长明灯，置于棺材前。长明灯可以是大白长蜡烛（避红），也可以是油灯，为的是替亡灵照亮通往阴间的路。长明灯点起，再烧离门纸，表明人亡了。

　　人殁之后，要在大门口扣一大纸盆子，就是盆子里放上毛纸，以年岁记，打草纸为冥币，上盖一张为祭天，下盖一张为祭地，中间这些，则是人在世间的年月，越厚，死者的寿命越长。烧一半，留一半，俗语里叫离门纸，也叫离门钱，离阳世的门，去往阴间。过往的其他村人旅客看了，就会大致猜出年龄。

接着太阳落下，就是送灯了。送灯的仪式在亡人之后第一天举行，连着两个傍晚。人们对那些上了年纪的老年人心里怀着很深的敬畏，即使他们死了，也还能得享一部分荣耀，村子里的人家会尽量到这家来做客，送灯的时候也比平时隆重一些，烧阴间的房子车子等纸马白鹤的时候，小孩大人都跑出来看，感受那轻烟一缕带来的祥和。这时候，如果烧的纸火直通云天，说明死者很满意，高兴地领了去；如果偏偏地歪歪斜斜一路往下倒，说明死者对家人有怨气，但对旁人却是好的。人们喜欢吃这时候撒在纸房纸车里的馒头片，一为保平安，二是防牙疼。大概取老年人活得久，牙齿好，得长寿神庇护之意。这些都叫做纸火，埋葬的时候烧，也可以过三天时候烧。送灯送两晚，第三天为过三天，过三天也是死者的一个大节。"道生一，一生二，二生三，三生万物。"所以也许过这样的节日，第一天第二天为取道，第三天则为转变，为搭建，为通往彼世成为另一种可能表示庆祝和祭祀。

人死如灯灭，但灭掉的只是在阳间的灯，此间灯灭，彼间灯亮。因此，府谷乡下，人死之后，也许才讲究送灯。现在的一些村落，仍然保留着这传统，我们村子就是，即便搬到了新农村，老人们亡故之后，还是要坚持连着两个晚上送灯，为亡灵照明。

送灯，是将亡灵送到村里的庙上去入册报到，以使亡灵有落脚处，长存不灭。送灯，村里人家家户户必须都出一男丁，无论老幼，年龄超过十二岁，魂魄齐全，都可以拿着灯跟着队伍出行。由亡者家主户的灯主领队，抱着木头做的写有名字的灵牌，排成队伍，走村里的大道，一路前灯不灭，后灯相续，通往村庙。当然，亦可以敲锣打鼓放炮，沿村游行，到离村不远的村公庙上大办法事。然而一般人家，都只是走简略形式，亡人匆促，前两日还沉于悲痛之中，不会大肆办理。

送灯的人是男性，排除女性，不管是村中的老妇还是新妇，以及女儿，都是不能入庙的。当然，平时在特定节日，女性有所祈祷可以去庙里烧香拜佛，但这种情况不能参加，说是女子阴气太重，会挡了亡灵的道。送灯，也是送丁。人们不光讲究一个村子活着的人口和聚集的人气，人们还讲究村子里坟墓的气和丁。一个村子气盛不盛，出不出人才，有没有好风水，完全靠村里坟墓的年代和多寡说事，坟墓越多，年代越久远，说明这个村子人气就旺。鬼气旺人气才旺，人们明白，有生就有死，因此人们讲究一个村子的墓地也应该多。凡灵魂可以进入村庙的，都是村庄的鬼魂，然而对于十八岁以内的男女，一律另立新坟，是不能下葬和享受送灯祭祀的，村人不为这些人立阴魄，是一直以来的村训。佛教里，生生轮回，十八岁之前的身子，都是为了轮回转世才来人世一趟，算不得真正的人，所以不立魂魄。这是我的猜测。村庄在对待女性方面，最大的功德，也许就是对于已婚已孕已育的老年妇人的尊敬，将她们也列入了享受送灯的尊者里面。然而，这在另一方面又是可悲的。村里有新妇生了三个孩子，与人有私情又怀了孩子，因怕丈夫察觉就吃农药自杀，然而并不曾因为她有育有功而落的顺利入坟，却因为妊娠之因被烧骨扬灰，怕她怨气太重再行转人，祸害村庄。当然，她亦不得享受送灯之礼遇。另外，年过二三十的男丁，已算是成年，就是没有家庭子嗣，只要自家族人愿意，也是可以入葬坟墓享受送灯的魂魄安抚之祭的。然而大龄女子的突然猝亡，即使在这个村庄已经待了二三十年，甚至更久，也只能享受荒郊野外的一把柴火，无碑无墓无可纪之地，像是从来没有来过。书上总说一人一个土馒头，谁也逃不了，然而在陕北府谷乡下，女子的天地实在是低矮。村庄里云朵一样鲜活的女孩子，已经成年，死在了腊月的大雪天，家里人套了牛车拉到山外，扔掉……三魂六魄难归来。

然而呵，送灯却是热闹的。人们送可送之灯，祭可祭之人，拜可拜之庙，其实，未必遵循的不是一种功利原则。就如人们在恋爱里要求所恋之人一样，健康正直，或者，积极向上，都是一种最大化的投资行为。儿女是父母的仇人，在陕北乡下，未满十八周岁而无病无灾忽然死去的儿女，是要请阴阳法师做法安置镇压不得返世的。村子里有二十多岁的小伙子，俊而英朗，当过几年兵，行事走路，飒飒生风。他才结婚，迫于母命，农历年一过，就出门去给别人打工，然而未出二月，就落下山崖。村人怜惜其年轻，为其愿出一把力，积点阴德，送一回灯，父母却以白发人送黑发人可见为仇人为由，拒绝替其收骨。山野人家虽然淳朴憨厚，但执拗起来，亦是九牛拉不回，有其志气，也有其愚昧处。外人想来，却也只能掬泪。其后几年，做母亲的说起夭儿来，却是："堂堂一盏大后生，连送灯都没享受上。在世为人白活一回。"自己落泪，村人落泪。我村人说年轻男子为"盏"，相当于说灯，问谁家几盏后生，也就相当于几灯盏。灯越多，丁越旺，人丁兴旺，是每一家的祈求。过年时节，人家添丁，会多点几盏灯；为着添丁，一些人家，也会于院落处各墙角多置几个灯泡。村里即便鳏寡孤独，也还是希望自己死去之后，有人送灯，因为有说法，送行的人多，获得通往阴间道路的好运就多。

我祖母去世，九十多岁，虽然在她之前她丈夫和两个儿子都已经过世，但村人还是念她的寿命长，人坚强，自发自愿来了一批，连着两晚举行了送灯。下葬时分，大家也是忙着抬杆子，为的是图长寿者的吉利。在村里有一种说法，寿长为神。有行善事者问村里老人，我做事问心无愧，为什么长子先我而去，折我一盏后生，让我遭此大难。村里老人说儿女自有儿女缘，各人只能修自身，父子缘分未能薪火传承，灯灭就是心灭，说明缘分不够。

关于送灯，那些生了女娃又丈夫死得早的人家，逢着这事真还是难受，因为，被允许参加送灯的人家必须有男丁，只有这种情况下可以入公庙的权力。这也是哀事一件吧。传统文化有许多让人觉得温润祥和的地方，但旮旯犄角之处，藏污纳垢，有时分明残酷得过分。要知道，孤女寡母也是要过活的。所以，一些人家，为着坟头有个冒烟的，村庙有个送灯的，也在不断地生娃，生娃，生娃，为的是生男娃，生送灯的灯盏后生……

我小时候，送灯的灯具，都是农耕时代那种煤油小灯，放在一个铁制的笼子里，加上足够的猪油或者羊油，偶尔也加植物油，多以羊油为主，以草纸揉成小细绳做灯芯，长长的，浸在油里突出一条棉线点起，把蜡油滴在上面，羊油或者猪油结成一大块，油捻子露出一截，点起，就是一个油灯了，用防风的笼子罩着。当然，一些贫困人家，用大土豆和胡萝卜也可以做灯，中间挖坑，倒入油，插入纸揉成的长灯芯。现在的这些年，电发达之后，人们大多用手电筒了。偶尔有上了年纪的老人，用这种煤油灯，分外有一种古气。这样的人，也多半苍老瘦弱，走起路来一拐一拐的，人们看见他燃灯相送，虽觉不易，但都会开玩笑，说过不久都差不多要给你送灯，眼看着你的一盏油灯要枯了。这倒是实情，过不了几年，这样的老者在村子里也一茬庄稼一茬庄稼一样被土地收割了。可以欣慰的是，送灯的习惯现在还保持着，这个冬天打电话回去，好几次听家人说才送灯回，谁谁殁下了，吃了红豆子捞饭……

送灯是要吃红豆子捞饭的，主家的主妇喊了自己的妯娌，族里的妇人们，或者村里能干事做饭搂柴烧火来得快的妇人们，一起做几大锅，另外还做猪肉烩白菜，菜里最好有豆腐粉条、油炸土豆。红豆子捞饭是必备，红豆是红色的豇豆，米是陕北高原上特产的小黄米，就是小米加步枪所说的小米。红豆捞饭，也是亡灵通往别世要喝的红豆汤饭，取红汤之意，为孟母那碗忘记此世忧欢的汤，实际是借亡者之名，大家享用这一种特色的饭。红豆汤饭，又叫到头捞饭，也叫倒头捞饭。"捞"取"笊篱"捞锅里米饭的动作。到头捞饭，倒头捞饭，此世到头，转头，转空，头从人肚子里落地，又回到了大地的肚子里，也是为倒头，取此意。第一碗红豆汤饭，是献给天地和亡灵的，顺便也在家门院落，四处扑洒，给过路孤魂野鬼吃。

祖母活着，经常开玩笑的一句话："吃了祖娘娘的倒头捞饭你们再走。"现在，祖娘娘去世已经五年，要是今天她还活着，在人世岁数九十九。我想起她在世时候，每次催着家人给别人家去送灯，总怕礼数不周的样子，一会儿检查羊油够不够，一会儿看灯芯会不会半路熄灭，生怕亡灵在返归大地的路上，遭受什么磨难。真是越想这些越心酸。当然，送灯者送灯路上半路熄灭灯火，不光对主家不好，对自己家更不好，因此没有人敢轻慢。祖母去世的前几年，总是念叨着是不是送灯油多捻子少，父亲和二叔走路快，熄灭过灯火，所以他们下世早？她经常有这样的懊悔，觉得自己待儿子不够，所以他们过早熄灭了人世的灯。于祖母，她的这盏灯在我这里，也是一种熄灭吧。人世灯灭，心头灯亮，这只能是自慰，然而想着另一个世间许还是有的，便又觉得安慰，同时分外牵挂，人世寒暖，彼世大约不会感受到，那样的生又如草如木，也没有什么意思，但是此世的孤单不再承受，也是一种祝福。我便只有这样祝福她！

送灯，都是选在人亡之后的头两个晚上，若是人在外面夭亡的，不是村里，也以棺木或者亡身进入村庄的第一第二个晚上为准。在日落之后，星出之前，由主家出，选村庄大道，一路往村公庙，主家在前，依次，先是族人，再是村人，排成一条长龙，前前后后，人各一盏亮着的油灯，或者手电筒，手里提着或者握着，不能熄灭，前进，灯灯相续，不可嬉笑怒骂，人人正肃神情，默默走在大道上。尤其是冬天，万木萧条，一路老少。在村子顶端的平台上望，看见他们前相后引地从沟里往那座公庙上爬去，直觉得人世凄凉，但觉得如此做，又有大庄重，大自信，大死生。对死有敬畏，有庄严，分明是为了更好的更安心的生。

送灯之后过七，以人亡第一天为开始，七天为一祭，七七四十九，过完四十九天，就暂缓祭祀。头七，二七……去往坟地的路上插五色旗点灯，烧纸。过完七七，祭奠就以百天周年计算了。佛教里有中阴身一说，意思是人死之后，尚有中阴身，七天一个小轮回，投胎转世，灵魄落降另一物身上。以四十九天为满，过完一个大轮回，人的亡灵就得其所。现在细想，这更多是世人为安慰自己所开设的念想，才离世之人，那猝不及防的割裂和断绝，会让人有恨不得随了去的想法，而通过全村人送灯，七七点灯，一天天地循着日子过，像是亡者还活着，让人在幻觉里，一天天的，适应这种陌生的日子，亲人离去的日子，慢慢地度过去，也就度成了一种习惯，觉得死不过是生的另一种延续。

城市里的生死却不是这样的，城市里的生是缓慢的，死却是迅即的，你甚至看不见长明灯，亦看不见棺材，火葬厂你只能通过鼻息闻得到遥远的那种辛辣的味道，除此之外，可安慰的实在太少。冬天的夜晚，万家灯火亮起，想起我乡下送灯的事，觉得死生虽然不过如此，但实在是大事，还是要走一些路，一些过场，安慰那些还活着的人，让他们有心有力继续过下去，过得相对从从容容。整体而言，我乡下一直还保持着这种丧葬习惯，有来处，亦有去处，从母肚来，回大地去，在这之间，活着的人们，点亮这一路的灯。丧衣是新的，丧鞋是新的，羁旅也是新的，灯照亮这一路，生者恋恋相送，死者缓缓别去，也算是有情人生。这种慵懒拖沓，这种自珍，甚至是，这种在别人看来落后的举动，在我眼里，在我村人眼里，却是不可废改的乡俗，有着大庄重。在我所生长的村庄，好像只有这样般般件件全部不落的送过祭过哭过念过，一个人的一生，才算是真正走完了，而不是装入棺材，拉到火葬厂，一把火，一个小骨灰盒，如此草草，坟在城外，或在一块拥挤的墓园内，算过尽一生了。我乡下人经常会羡慕城里人，但说起城里的死，则总会感叹城镇人的贫穷。乡间的死是要入土的，坟在村畔，春秋种植收割，都时时相见，似乎生死无间断，冢上野花一年又一年，活着的人看了，知道有来处去处，相对心安吧。

　　祖母下葬的时候，有人提出打一水泥窨子，放入棺木，可以多年不朽。遭到了家人和村人的全面反对，甚至村头立石碑，也是那种不够深入的，随时可以拔离的那种，为的是人体赶快腐化，随百草年年再生再回。细想，完全是一种村庄哲学，但并不简陋。——本是想纯说送灯的，写着写着，就已走远，如我山间生死，轮回不断，年年花叶重相见，花是灯，叶是灯，喘息是灯，生命是灯盏，此世的灯与来世的灯，灯灯相续无间断。

纸花铺

  每个村庄几乎都有这样的纸花铺，也叫纸火铺，所有的木花朵都是为了奔赴泥土，纸花则化为一堆烟火。小村子有时没有，那种大一点的自然村是有的。如果村里没有，每个乡肯定有，每个镇子都会有。在西北的一些小城市，经常可以看到寻常衣店旁边就是一家棺材店，也可能是一家纸火铺，有些人家产业稍微大一点，兼营这两种冥界生意。以这种货物为生意的人家，大多都是自身制作的，并不是贩卖定制。从事纸花扎业的人叫"纸火匠"。与木匠石匠漆匠相同，又似乎不同。我印象里大人们说起"纸火匠"，脸上总呈一片死灰色。也许每次听到这个名字，总是跟丧葬有关，而每次从这些铺子前经过，也总心头凛凛，但从未加快过步伐。
  我所就读的小学和初高中，学校对面都有这样的纸火铺。小学初中还好，不摆棺材。高中是县城，对面屋子大，一长条棺材总在里面立着，像是随时等着人入住。街道人来人往，紧靠着纸花店，就是文具店。纸花店旁边另一家经营老衣老鞋（就是殁去之人穿的衣服）。这些开在道路旁的店铺多是租赁的，生意很好，周围的人家都来这里订做纸火，平时是白事，清明过冬算节日，总会有生意；冬天里忙一些，老人熬不过冬，一到冬天就慢慢收拾着上路了。所以，整个冬天，寻常人家都备齐了粮食蔬菜，烧了炉子躺炕上等过冬，只有纸火铺在乡间街市异常忙碌着。

开初的那些年头，就是商业没有如何发展的年头，纸火铺很少经营棺材的，棺材大都是自家请匠人定做的，用的是自己家的树和木板。匠人刨木花最好看。考究的富裕人家，用上好的木材打制棺材，打制好了涂上好漆，晾晒。有时也请匠人在棺板上雕花，富贵牡丹是日常，图的是墓里人保佑活着的人，但也有一些雕前青龙后白虎的，长盖子上雕朱雀，压底的板则是黑白阴阳图，偶尔也刻玄武鸟，是那种通体全黑的大鸟。

做纸花多用五种颜色的纸，青红黄白蓝，这是打底纸。纸花匠人赚钱最多的是扎灵房子，这是大件，就如一个人生存，必须买房子一样。现在买房子不带家具，冥界终究不如人界，一家店里就可以购全全部生活设备。扎灵房子里包括扎灵炕等各种，另外需要扎陪灵童子、仙鹤、藏元宝的瓮等。

我很羡慕纸火匠，但未出嫁的女子不能沾手，我即便喜欢这门手艺，也不能专门去学，必须等嫁了人。嫁人了也必须有一家之男主，女人是不能单独做这门生意的，虽然女孩儿们手巧，但是就是最忙的人家，也至多是让女孩子叠叠金箔元宝，是不敢让女孩子沾手大件纸火的，否则败生意，客人嫌霉气，也不会上门来。

纸扎的人会编扎，所以他们会做红柳篓子，他们还会基本的雕刻和绘画技术，这真令人嫉妒，所以到现在我都对他们怀着好多分敬意。灵房有大小，考究的人家，要求扎跟人住的大小差不多的几进几出的院落，这就考纸火匠的手艺。另外，一些各式各样的动物，以及金童玉女这些寻常物饰，尤其考究功夫。有些匠人家会附赠木雕的金童玉女,若涂了漆,更像是要立起来。不过近几年时兴买布料的棺材套子,下葬多是几个花圈了事,城里几乎不再用纸火了,所以金童玉女的制作不再像之前那么要求严格,但乡下却还是像以前那么热闹。因为现在乡间平日不那么景气,所以每逢丧葬,是大家族团聚的时日,人们喜欢花钱找乐子,就在这些视觉盛宴上给自己加砝码。而且最主要的是,城市的焦灼也侵蚀了乡村,人们对死亡的恐惧让他们加大着对死者的礼敬。

灵房子都是有人去世才紧急做的,因为提前做了纸屋子放不久,容易毁坏。灵房被连日连夜赶制出来,用木头棍子撑起来,好似只是等待着一场燃烧。许多纸火铺子,我见识过,几十个,上百个,西北小城里和乡下,经常可以看到,昏暗、亮晶晶,总是在下午,五颜六色,匠人在半开的门里蹲着,上色、绑制,旁边是半成形的或者已经成形的花圈。前十多年是没有花圈的,灵房子繁芜,比花圈难扎多了。自从有了花圈定制,可以写上赠送人的名字,灵房的工序就少了。一般都是中老年男人扎纸,主妇忙着烧饭,或者在一旁帮忙,头上身上,总会有各种颜色的琐纸屑或者线绳。很老的老人,总在雕花的棺木前陪着忙碌,有板有眼地指教着,如果有来人,会告知先烧哪些东西,再烧哪些东西,要不要加制一些东西,比如赶制一只红公鸡,这样可以提早烧,到阴间报名,代逝者洗刷在人间的罪孽。

——很老的老人,有时候,他会住进他旁边做好的棺材里,那棺材很可能是他亲手打造,他满意得很。但如果有应急的人,有时会提前背了他的棺材走。有那么一户人家,先是母亲走了,借了外公的棺材,又接着儿子走了,借了母亲赶制的……做好的棺材总是在等待着人入住,划定好的墓地似乎也如此。男人们生下来,就知道自己会埋在哪里,越往前长,越对自己的墓地生出向往。而西北那一片的女孩子们，不出嫁，或者已经离婚，她们永远不知道死后会在哪个山谷，哪个阴沟。

扎纸花的人，很清楚他们扎的灵房谁入住，他们写上他（她）的名字，在木头门楣的纸花上。同样，他们给他们扎烧火的丫鬟，有时也扎几个小老婆；鲜少有给母辈扎丈夫的，更别说附赠几个老公。男人们享用的总是比女人多，不知道为什么会如此，也不知道这样的情况是不是古往今来一直都如此。同时陪葬的还有纸扎的手机、电视、小汽车、开汽车的小纸人。纸火匠熟知一切步骤和程序，他们一丝不苟认认真真，因此在同他们说话的时候，即使乡间最粗糙的山汉，也总是收起一脸的不正经，装出一副庄严地样子。

一个纸火匠人一般会面对几个甚至十几个村庄的人的死亡，他们为死者修建让他们栖居的灵房。所以，活着的老人们，总是经常跟他们走动，视他们为通往阴界的使者。

祭奠之花在他们手上认真的开出，一片白或者一片蓝，烧成一片海洋，死亡的气息从开始到最后一直跟随着他们。这些纸张洁净的花朵，在几天几夜之内，经历一次出生，经历一次死亡。花团锦簇，灵柩靠在门前，这些纸火烧起来，慢慢地往云头上去，里面被扔了各种馍片，灵房塌掉，用木枝拨出来，吃掉，据说可以治掉牙齿的毛病，还可以增长寿命，尤其如果逝者是高寿的老人，更会保佑这些四方来客。所以，祖母的灵房燃烧起来，四面八方来的人们，拿树枝刨着，找那烧焦的馍片。她活了九十四岁，是村里当时最年长的老人，经历了三个朝代，一生坎坷，唯最为长寿，生前至少育三儿两女，到她去世只一子为伴。

人们拥挤在灵房前，各色的花圈摆出来，每分每秒都在艰难的度过，时刻一到，火苗伸出舌头，死去的人啊，你往云间去，你慢慢上路！那一刻就像不断地通往死的路上，狭窄拥挤，突然间空白了，一切空白了，灰烬之后人们散去，一个人如此走掉了。

铺子里的纸火匠，他们站在几米外观察燃烧的灵房，面容平静，附着一层灰。他们永生永世携带着的洗不掉的死灰，那是他们特有的标志。人群里我往往可以一眼认出这样的艺人，他们萧瑟的表情，仿佛在一次次的练习死亡里，已经固定了一切，就如同用树枝固定灵房。没有逝者需要灵房的时光，他们在不忙碌的日子，也如常人一样，坐在门口晒太阳，冬天里会燃一把火，偶尔也烧一些他们用来裱糊灵房的各色纸张。他们总是口里念念有词，却没有人听得懂那些语言，从来没有人。

在乡间，卖纸火和卖油盐醋酱蒜没有什么区别，但是，人们看向纸火匠的眼神，却永远那么虔敬，那么遥远。他们为老年人所亲近，为中年人所骇异，为小孩子所好奇和膜拜。

纸火匠，一生中都在等待着别人的死亡，也像是等待自己。夜半时分，他们也会抽一支烟。他们与冥界的那些东西睡在一间房子里，一只仙鹤，一对金童玉女，有时还有几只纸羊。"宝马雕车香满路"，原来说的是阴间之事，原来通往的是阴间道路。

亲戚家有一家做纸火的匠人，我们这一辈称为姑父，娶的是一个远方姑姑，他与姑姑后来离了婚。他画的一手好画，写的一手好字，他停妻又娶妻，不负责孩子们的成长，姑姑疯掉，另嫁，两个女儿一度沦落于不同的男人之中，男儿改姓外氏。可是想起他在黄昏日落，一间又一间把灵房扎出，我就觉得世人对他的太多责备，似乎是一种自我解脱。

纸火匠为死亡赋格，修建阴间的幸福，过早地耗掉了人世的热情，所以，暗夜的灰总一直爬在他们脸上。他们应该是最懂得死亡艺术的人，我崇拜他们。

小石狮子

我要说的是陕北的小石狮子，不是那种庙宇楼栏之内的石狮子，也跟衙门和墓地肃穆的石狮子不同。我要说的石狮子，是那种可以摆在炕头拴娃娃的小石狮子。它以它的原始性、生命性、鲜活性、自然性、想象性、整体性、泛灵性、直觉性并举，构成了它独特的强大审美能力，甚至可以说，它是陕北人精神的一种象征，体现了陕北人生活方式的一个维度。

石狮子身上，有一种带有人类生命本能的、天然的、经验过的巨大情感库，虽然在不同的朝代有不同的变异，汉有汉的姿态，唐有唐的丰赡，明有明的明耀，当今时代有当今时代的谐和，但是它胎里一致的元素和精神是不会改变的，它展现着自身的逻辑层次，于沉默里诉说着自身的审美和情感诉求。原始野性的自由元素，通过石的本质，狮的显像，不加过多雕饰地表现出来，由原始的骨子里的野性冲动与沉沉的石子的睡意结合，表现一种梦幻与追求，表现一种由自然之物经过加工所体现的神性与人性。它是真诚的，也是淳朴的。真诚来自匠人的心眼，淳朴则是对质地和造型的回应。

陕北的石狮子是人对兽性时代的召唤与追思，其绘形、造势各有讲究，传意传神为主，形和相反倒是其次。陕北那种用石头雕刻打制出来的石狮子，笨拙、粗犷、质朴，甚至有点丑陋滞涩。陕北方言说人憨憨愣愣，为木石，石狮子就是一种。但是它的存在又形成一种恐惧和震慑，身子里藏着原始的野，仿佛随时可以起跳、飞跑。一般人根本不敢触动它，甚至家里面也不敢太多地藏有它，尤其庙门的石狮子，即使被盗被偷，也经常在想象里被赋予无尽的能力，偷盗之人会因此丧失他的福分。

陕北没有狮子，整个中国，在汉唐，狮子也是极其少有的。就是现代，我的乡人们，也多是从电视网络看到狮子，但是匠人们的石头狮子却各有特色。这种狮子的创造，立意在先，依石而雕，依形造境，依境传情，为了自由地表达，有些时候，以意为重，舍形舍相，缺眼或者缺嘴，有时眼部并不进行任何雕刻，有时鼻子以下也好像被粗心的石匠给放弃了。以它天性的残疾表现一种智慧，也许这是雕琢者的原意。这样的狮子，我在绥德城郊不远地方一片开发的石头奇相里几次看到过。当然，在村野的尽头，荒草丛生处，也可以看见这样的石狮子，摆放不整齐，完全扑倒在尘埃里，一半身子已经被泥土和青草淹没了，一半露着一只眼，细看，却没有嘴，或者眼是凸出的，还没有完成，仿似纯然的自然物象，但意念已经在那里表达了。它们在意念上穿越今古，超越时空，超越习见的认知。这些像是半成品被人有意或无意放弃的石狮子，简化得太过大胆，太过随意，沉睡在天人合一的自然农耕社会的意境里，却因此显示出了西北黄土高原的狂放不羁和质朴无华之态，显示了自然人化和人化自然的意志，而狮本身，已经脱离其本相，成为一种象征，荡漾出一种无为而往的存在哲学。

炕头拴娃娃的小石狮子，应该算是陕北图腾崇拜的一种。在陕北，人们崇尚石文化，一般的窑洞不算是最好的窑洞，我指的是土窑。平民人家住土窑，真正有钱有势的人家，住石窑。打石窑是要花大力气的，一般人家没那个财力。对石的崇拜自然就转移到了石的佩饰和装饰上，于是，石狮子，作为一种审美和愿望的寄托物，才因此应运而生吧。在陕北，人们心中的狮子高高在上，是和佛家有着密切联系的，而且狮子两眼圆睁、阔口怒张或紧闭，自有一种神威，能驱邪避魔，消灾免难，确保孩子平安，确保孩子受狮子佑护，一路成长起来像只憨状结实的狮子吧。造型狰狞凶猛的狮子，拴在炕头，自有一种威武可爱处，是一种吉祥物。

整个陕北，石狮子以绥德最为有名，绥德的石雕文化最出名。古话有"米脂婆姨绥德汉，清涧石板瓦窑堡炭"，此话也不无道理。石狮子大规模出在绥德而不是米脂，自有神偶作的美意，和绥德出汉子有一定的关联。力与美在此暗合。

我家有一具小石狮子，在父亲还没出生的年代就被请回家的。祖母在生养父亲之前，已经生养了一些儿女，可是全没有活下来。于是，就请了这头拴娃娃的石狮子回家，希望可以拴住接下来出生的孩子，让他活下来。接着，就有了我的父亲，再接着，我的父亲一路健康地活到了他的中年时代。所以，这头拴我父亲的石狮子，算是功臣一样，一直受着我家的供奉，摆放在我家的窗台上。它大张的嘴巴，作为我们家藏钥匙的一个小处所，在我的幼年，一直发挥着它的作用。

拴父亲的小石狮子，口部是横置的花瓣形，狮头身上有两条长而直的线条，里面是一些微间隔的短线条，长短不一。两条长线条交叉围绕起来的那些短线条，应该是头发。花瓣嘴两边，亦有近似头毛的线条，应该算狮子的胡子。狮子的耳部是两条竖立的鱼形图，应该象征耳朵。这头狮子是蹲着的，面部较宽，宽于头长，脸部丰满，鼻梁挺直，下颌略圆。陕北人对女性的审美要求以圆脸为主，男性则以阔脸为主，最好是丰满的国字脸。我祖母认为圆脸吃四方，有福，圆圆的脸也象征人生也圆圆满满，她说男人女相有福，如观音长一张女相。也许正因为此，我家的狮子脸型略圆还有点阔。拴父亲的这尊石狮子嘴是张着的，和银行通常摆放在右边那种闭着嘴巴只进不出的狮子有明显的区别。我家的这尊，中间有一小圆球，似豆粒，我那时候经常伸手进去掏，可是探进它的喉咙了，那石珠子还是捞不出。脸部也有很多纹折，弧边三角纹，在头部。面上有两圆点，应该是双目。基座底部也有绳纹，像揉好的馒头用筷子压出的线纹。尾巴是压着的，也是一些弦纹和刺纹，堆砌在一起，疏密度较之脸部更集中。

因为它是拴父亲的炕头狮子，我对它总有一丝亲近，感觉神秘，却又觉得恐惧。当然，这种感受在父亲活着的时候，在我的幼年。而现在，家园破落，它被我叮嘱家人藏了起来，在内心深处，成了父亲的替身的一种象征，它身上甚至有父亲的影子，我固执地认为。它是我前所未有看到的第一只石狮子，也是我生活里的第一头狮子。它连接着原野和今古的气息，它是来自自然的，来自神秘的匠人，也许就来自黄河滩，它曾经强烈地冲击着我的好奇心。现在，在我心里，它也仍然有当时那种永恒的潜在存在的初塑的价值，木讷笨拙，却无可替代，是我黄土高坡上的石狮子父亲。也许就是这种潜在的情愫让我回头写下这些。

陕北人不像南方人，南方物华天宝，一般人不必为吃穿太过操劳，所以求乐求丽者多，而我陕北，由于土地生产资源有限，从来一直讲究："居必长安，然后求乐；穿必保暖，然后求丽。"陕北的崇狮意识，应该也是对自然的一种精神呼求，应该也是崇虎意识的组成部分。虎和狮子都是大型猫科动物,就陕北人喜欢给小孩子穿戴虎头帽子虎头鞋,喜欢逢年过节进行舞狮运动,虎相作为一种佩戴,穿上身。而狮子,被赋予了宗教的内涵,成了一种具有圣器特征的圣物。在艰难困苦的生活里,崇尚狮子,并将之雕刻成温顺可爱的样子,何尝不是与自然和内心的妥协?当然,这种深藏的人性意味,也颇值得探讨。

陕北的炕头石狮子,是写实的,形体装饰也是奔着写实的路线,奔着功用隐喻的路线,尽量使狮子的形象在有限之内达到无限的夸张,使生活的真实性与装饰性有机统一,实用性与审美性也相互连贯。中国的建筑,首先讲究坚固耐用,其次讲究美观大方,陕北石狮子的打制,也是朝着天长地久的未来行进的。

石狮子的打制,体现了一种集体无意识的精神意识,荡漾着陕北人对人生的期盼和认知,带有强烈的想象和幻想的色彩。石狮子在被打磨的过程中,就已经消磨了它们凶狠残暴的一面,注重了它们与人生活的亲合与融洽。它们不是创作者表现神性的主体,但是它们作为人陪衬的生活器物,加持了人的本质力量和对美好生活的向往。这些匠人都是普通的,部分石狮子甚至是集体打制,一些人完成狮头,一些人完成狮身。一些狮子呢,在流通中,经过百年之后,再加工,变为另外的样子,但是它们大多是建立在普通人生活的经验之上,在此基础上飞翔、变形和夸张。

炕头狮子是比庙狮、墓狮、衙门狮子、银行狮子等有更多的飞升性的,它们更俏皮,更亲和,更具有人性。我见过很多不同的炕头狮子,在人家的炕上,在收藏者的家中,在一些庙宇殿堂之中,它们摆列着。我现在还记得一头像是猪的石狮子,四蹄下曲,两耳竖立,尾巴翘起来,作跃跃欲奔跑状。因为在泥土里久了,已经出现了苔青色,一头绿色的跃动的狮子,好像随时准备起身，跳出我的视线。

我很奇怪，一些狮子的嘴和眼居然是红色的，是那种砖红色，好像被打过一样。乡下祖母在世的时候，看见我家放在窗台上拴了父亲几十年的炕头狮子变色，嘴角和额头出现釉红色，就会说天气要转了，要阴，要下雨。往往也是如此，天不久就下雨了，就像一种巫术。我现在想，大约是因为石头的色彩和质地可以感知天气吧，然而在客观上，我又会想也许就是一种巫术，石头狮子是通灵的。因为不管人如何喜欢这些狮子，在我乡下，却也很少有人敢去庙里偷这样的石狮子。当然，我在写这篇文章中，认识了家乡一个外号叫做狮子王的人，他收藏有一千多头陕北的小狮子，作为收藏珍藏，也作为一种美术之物器描摹。他的那些狮子，一些极其夸张，眼睛和眉毛似乎在抖动，特别传神。其中有一只，他只留有图片了，长得特别像我黄土高原上另一个收藏有七百多头狮子的朋友，眉宇之间古里古气，是天赋异禀那种，黑眼珠明显比一般的小石狮子深陷，通过眼睛似乎可以感觉到它的心跳，明显是飞扬的，甚至有点跋扈，不可征服，有类似猴子的刁钻纵横样。然而，很遗憾，我看到的只是照片，它被偷走了，狮子王也不再拥有它。很遗憾，这只特别的狮子引起了我浓厚的兴趣，以后，我还是要去寻访它。它是那么多头里最特别的一头，仅仅比我自身用来当父亲的拴过父亲的那头拴娃娃石狮子少一点点特别，因为，这一头是家养的，是连着我的血缘的，在我生命里是唯一，不可复制不可替代，而特别的这被人偷走的一头，我似乎可以寻访到它的替代品。谁知道呢？

大多的炕头狮子打制雕刻古朴，充满着原始意味，但是因为作为拴娃娃的石狮子，又不能有太多的狞烈之气，怕吓着小娃娃，于是，这种石狮子，像猫，让人想到猫，温和俏皮，又不失力的流转。它们以猫的媚态显形,在尘世里坦荡、温顺地活在人家的炕上、窗台上。一些两眼圆睁,尾巴翘起;一些两脚伏地,像家猫一样还戴着绳圈。狮子像猫,明显充满了日常家居生活的情调,而石狮子即便是像猫,也总能透射出一种粗狂的大气,一种原始的情调和意味,其抬腿、扭头、呲牙笑,虽然拙朴滞涩,却毫无做作之态,大约与石头这种明显厚重明显有大地属性的质地有关。为了调节色彩,在一些时日,比如小孩子过生日之时,这些狮子身上就会拴上红线绳,作为一年一度开锁记事的一系列仪式中的一项而被郑重对待。这时候,石狮子分明也是家里的一员,是需要尊敬和照顾的,需要陪伴和嬉戏,与儿童并无二致。

  狮子的猫样媚态,甚至是狮身猫头,在陕北的炕狮子中并不少见。在陕北,万物似乎都可以拿来做人的陪衬,然而万物又有灵,陕北是要拿一切来融合的,本就是游牧民族与汉民族融合区,是以前的塞外,是战乱之地,是沙漠与黄河汇合处,是化外也是化内,有"四面边声连角起"的兵器,有堡有寨。这个地方,一切的宗教,都在混合中形成它自己的样子,不是绝对地排斥,又不是绝对地接受。然而,陕北实际是无声的,就如石狮子一样,"石狮子张嘴不说话,什么样的人生都解下。"陕北有这样的禅气与古气,即使陕北的革命红被一遍遍渲染,在陕北人心里,实际另有自己真正的色彩与感受。陕北是习惯将一切化掉的,对狮子的雕刻也是如此。将石狮子请到炕上拴小孩,既是一种供养,又是一种怜悯,是一种分享和承担,并不是作为一种征服进行的,乃是作为一种合作和理想。是的,将狮子请进房间,世界在优美与静穆之间走向谐和,在狰狞与献祭之间走向神性。可以说,陕北的小石狮子,每一只,都洇染着陕北人的期待,都体现了一种理想的深情和企图,无论从哪个角度,都不是一种杀戮和征服，而是一种共存脉搏的自由跳动，一种节律，不是你代替我或者消灭我，而是，我与你共存，在一种形体所象征的实相上，我们共同走向自足与静穆，天长地久。

丰富的想象，大胆的构思以及小巧的身子，使陕北的小石狮子和别处的狮子完全不同，甚至就是与同是黄土高原地区关中的石狮子也不同。关中的石狮子更遵循儒家文化传统的教养，是内敛而稳重的，缺乏飞扬纵横的架势，明明一样的体重，却显得更笨重一些，没有太多的活性。这方面，一方水土养一方人说得过去，一方水土养一方石狮子也说得过去。从陕北的小巧的炕头石狮子身上，我们能感觉到一种流淌于狮身的秀美之气，一种矫健之气，混合着慵懒之态，体现出一种自为活着的生活方式。炕头狮子，它的柔美多于它的狞烈，它总体现一副积极面向生活的姿态，无论是低头还是抬头，它都体现一种脉脉情深，并不表现想象的理想狮子的气韵与风格，但它以它的退出自身为完成方式，于取媚中表现自身的怡然自乐。严格说，或者精准说，它确实缺乏一种严峻，但它又并不耽溺于对人类进行谄媚，陕北的石匠没有赋予他们这种气质，他们自己在生活里，也从来不体现这种气质。它是脉脉的，甚至可以说是深情的，但它于这种温顺与静默里，于这种自足的慵懒里，确切地体现着自己的意志，体现着原野与古风，体现着过去与未来。

陕北的石狮子，是在有限中追求无限，讲究留白，虚实相生，不会有太多精雕细刻处，但远远看，却自有一种婉转的灵气与神气流淌，古朴中透露着一种大气。

西方的石狮子和我国的石狮子不同，和我陕北的石狮子更不同。西方有狮身人面像，作为古老文明的象征，它在一步步进化中，逐渐有了自己的翅膀和武器。我说的不是它锋利的牙齿和爪子，而是雕刻时雕出的实体翅膀以及剑与刀。当然，最近这几年，中国大地上出生的新石狮子，也有一些有翅膀和袭用人面的，那已经不在我要叙述的范围了。我说的那些狮子是古的，过去年代的，相隔了几十年几百年几千年的，与现下的时光遥遥相望。

我现在生活的大学校园，文学院的建筑大门前，齐刷刷一左一右蹲着两头汉白玉大狮子。因为大小不一，视觉的感觉，很多人认为这是一公一母两头狮子，加之文学院的大门是红色图案纹，砖青色飞檐，让人想起《红楼梦》里那被焦大说成还干净的两头贾府的狮子。但一些同学说，这两头狮子比喻的是陈寅恪和傅斯年。当然，亦有人说，这是为抵消别的院系建筑所制造的煞气，才请来这么两头汉白玉狮子。文学院的建筑和整个学校的建筑一致，但进入里面却自有文学特色，然而外围实在看不出有什么奇特之处，不过因了这两头汉白玉狮子，倒是给文学院整座建筑增添了几分空灵之气；人们从两头汉白玉狮子中间走进走出，也似沾了山林之气，沾了一些野气，自然活泛，仿佛别有一种自在，和别的院系形成明显的区别。

写到这里，我想到三个对于陕北石头狮子进行大规模收藏的人，一个即是前面提到的，外号叫做狮子王的人，他有一千多头；一个是我新认识不久的朋友，有七百多头，还在不断请进中；一个就是著名作家贾平凹，他不光有兴趣收养活狐狸，他也有兴趣"收养"陕北关中的小石狮子，似乎也有一千多头。想象这些狮子有一天夜半醒来，忽然有了飞跃的能力，想象他们从水泥钢筋打造的建筑里咆哮，冲出，那会怎样的壮观？它们一个个转身，去寻找在岁月流转里一次次拥抱的主人，寻找那些存在或者已经不存在的肉身，寻找在地里掩埋的素朴时代的青苔绿衣，寻找无法道出的前世，会有怎样的哀伤？这几千头石狮子，在我的想象里已经形成风暴。一种收藏所形成的惊惧,一种占有的暴力所体现出的自我屠杀,在我的幻觉里进行。收藏是一种屠杀,这是我在写这篇文字时候一直徘徊的一种感觉,而在这篇文章结束的时候,我终于可以清晰地用"屠杀"这个词,描绘收藏所带来的感觉。于千家万户中,于断瓦残垣里,收藏石狮子,制造了一种分离的紧张,一种岁月的残缺,一种一直在进行的不安。我不是在批判谁,而是描述一种书写产生的想象的痛苦感。几千头狮子,端坐在一起,而它们,各有各的故事,各有各的悲怆,它们被拥挤地摆放在几个地方,卧着、睡着、坐着、伏着……对于密集恐惧患者来说,它们以团聚的姿势,制造了一种断裂,深渊在它们团聚的地方,一次次炸开。

我其实并不能准确明白自己写下什么,此刻,我想念拴过我父亲的那头小石狮子,它来自于何方,我并不清楚,在拴我父亲之前,它就已经拴过另一个人了,而我父亲如果活着,现在也已经七十四五岁了。它至少已经百年,甚至比这更久,岁月并没有让它改变多少,然而我想起它,却自有一种亲切。我以我的唯一想念它,以一种不在场想念它,以一种永久之情想念它,它会与我地久天长,海枯石烂。对于收藏石狮子者而言,是存在的;而对于我这种唯一拥有某物的人来说,从来不存在。

石　碾

　　我的身后是一副碾子。这是一帧照片。我看着身后的这副碾子，看着我自己，想着石头的岁月，我的岁月。

　　陕北的石文化是个谜，也许连接着汉唐更远的历史，有更久远时代的文明在这里存在过。人类四大文明起始于沙漠地带，而且人类以后的文明，也已经预言要被沙漠地带的文明引领。陕北有毛乌素沙漠，在更久之前，也许还有别的沙漠，沙漠文明在此生发并辉煌，有一定的可能。陕北的石文化是被忽视的，整个陕北文明，也就如一颗被忽视的大石头，是一只有口无法说话的石狮子，是一个被别的文明解释的文明，是一处文化受掩盖的地理。当然，我这是针对近几十年的"红色革命陕北"而言的。了解陕北文化的人，知道我在说什么。这块地方，不是外界所言的那么简单，它被外来人言语，自间人却是沉默的。而自间人说话，也用的是外来所要用的目光和语言，所以，真正的陕北，从来没有被说出，真正的陕北，却一直存在，并且如同沙漠文明一样，在不断变迁和漂移中。

　　陕北的石文化，在新时期时代的晚期就已经存在，人们甚至有修建石城的传统，除过绥德大规模的石雕外，在神木的石峁，也发现了大规模的石雕，而在陕北的其他县城，均有各种石雕人面像散落。在我幼年，经常有人来收龙骨等石头，像是石头，但又有骨头的成分在，和部分泥土搅合在一起，说是一种药材。我在田畔山间放羊，也常常可以见到这样的一些石雕石骨头。人们说起古文明，总是会说到希腊。近年偶有一些历史学家，关注到中国大西南和大西北的一些古文明，有时候我想，我陕北的部分石雕，它是一些部落抵御外敌减少恐惧所制作的吧。我曾经和一个有着自己个人历史版图划分的当地人聊天，他告诉我，在毛乌素沙漠附近，有过更多的部落，甚至一百多个，残杀或迁移、合并，逐渐成了"不精确的总想说清楚"的现行历史教科书的样子，实际上，整个的冰山的真实还在下面。世事本来就说不清，但我每每看见那样的石雕，残疾的，缺眼或者缺耳朵的，嘴巴没有雕刻出来的，总会有一种来自缓慢时光的浓郁惆怅，在我的基因或血液里，在这个世界上，有什么存在过，发声过。那些人借着这些残迹，向我显形，而我却什么都抓不住，一切都无所作为。人，也或者其他的物种，生在这个世界上，其实有时是极其无能的，就长远的时空而言，每个人都是极其无力的，万物无始无终。

　　亚里士多德说："城邦之外，非神即兽。"在陕北，也许存在过久远的城邦，开阔辽远的，不断变动的，飞扬激荡的。陕北人身上所体现的那种盲目的自信，那种得天独厚的骄傲感，与现代贫瘠昏黄的高原地貌也许并没有十分必要的联系，而与骨子里那份隐秘的关联相关。在这块以生殖和生存为主要义旨的土地上，时代发生了很大的变化，但是人们的文化并没有发生多大的变革。在当代，随着西方文化浪潮的袭击，在教育上，全国大部分发达地区，对自己的文化失去了信心和信仰，我们迫不及待地拥抱全球化,进行改革或变革。然而,山川和地理交通的阻隔,陕北却一直在缓慢地保持着农耕文明的传统,千沟万壑仍然是封闭又开阔的,陕北高原上的人家,苦与乐仍然大多来自土地,根底是柔软和坚韧的,文化里照旧保持着刚烈质朴的一面,有天空的空感,有大地的实感。在这里,人们依然在畅想女娲补天,展开对女娲的石头的思考,展开对引进的西西弗斯的石头的思考。这里的风景、民歌、说书、快板与道情、粥饭与烩菜、一言与一笑,仍然如同农耕时代一样在悠悠荡荡中展开。在这里,在毛乌素沙漠边缘的一块砂石上坐下来,在一处废弃了的石碾台上坐下来,在虚想的一块石头上坐下来,你仍然可以于车间流水的机械与喧闹外,获得一个大世界,——一个,可能存在的桃源。

  我今天要说的,是陕北的石碾文化。石碾,是农耕文明的器具,甚至是圣器;而今,是风景,是碑志,也是墓志铭。对于我刘姓人家,对于我所在的小村,这些都是成立的。

  父亲的曾祖父辈,迁移到这个我从小生活的叫做王家塬的村子,大约两百年吧,反正至少已经有一百六七十年。那时候,整个村子住着的都是王姓人家,自然村庄属于王姓的地盘。我们作为刘姓人家搬迁而来,古井是王姓的,石碾石磨石碓子,也是王姓人家,自然用不成。

  父亲的一个五姥爷(父亲的爷爷以上一辈),人高,壮实,年轻,环眼,好斗。他有匹夫之力亦有匹夫之勇,他在这个村子要住下来,要吃要喝,要刘姓人家生儿育女。于是,他一手提大铡草刀,一手大剌剌赶着高骡子去井口驮水,怒目而视王姓出来拦路的人。就这样,整个王姓家族被他吓倒了,刘姓人家开始驻扎下来。然而,石磨石碾都是人家的,不给用,自然有理由,但粮食需要脱壳,人要吃,牲口也要吃。于是,这刘五老汉,就连夜走石头滩，打了两副碾子和磨盘回来。那以后，我刘姓人家就开始在这村子住下来，分上院下院，上院一副碾磨，下院一副。

我从小就常常听叔伯祖辈说如何在这个村庄扎根的故事，他们一边就着下院的碾道压面，一面说这样的故事。那时候，整个村子里可以启用的碾子，就只有这副了。

在此之前，村子里至少有六七套碾子磨盘。在中国古文化里，碾是青龙磨是白虎，都是圣物，有巨大的煞气，萨满教对碾子，亦尊为圣物，而我陕北，实际上萨满教盛行，只是叫神神而已。婚丧嫁娶，这些碾子都得用红布包起来，煞它们的煞气。也不知道为什么，自从我小时候开始，村子里就只用我们刘姓人家这副碾盘。也许是因为我们刘姓人家比较和气吧，对于碾子的修护和维持也比较尽心。其他的几副碾磨，都成了婚丧嫁娶时候穿红衣的青龙白虎，平日里是不启用的。祖母是村庄里她们这一辈最老的老人了，每次，当别人来碾碾子压面，她都会偷偷说起碾盘的故事，说起艰难岁月在一个村子扎根的困苦。到现在，祖母去世多年了，下院快九十的伯父，我假期回乡，在碾盘上相互坐下来拉话的时候，他还说着过去年月的艰辛，哀叹着杂草丛生的碾盘曾经如何连接着整个刘姓人家的命运。他是个勤劳的人，一生辛苦，多儿多女，碾子就在他家土围墙的院落外。对于他，这碾子，曾经如何锣鼓喧天，曾经如何铃铛回响，曾经如何碾盘吱呀，都已经算是过去岁月了。他用浑浊的眼睛打量着碾盘，对我说："时代变了，碾子老得不用了。我们这最后一茬人，也要废了。"然而，作为刘姓人家在村庄生活并繁衍的标志，这副碾盘，值得被追记下来。

石碾是由碾台、碾砣、碾棍、碾道等组成。碾盘和碾砣大都是采用石头雕凿而成，显出石器时代的沧桑，而碾棍，多由木头做成。我陕北，多是槐树或枣树，因为这两种树木经久耐用。我家的这副碾子，用的是枣树滚。碾砣中间有铁棍。碾砣正中插棍，然后围绕着碾台中心，人或驴骡牛开始推着拉着，就可以转动磨粮食。碾台是圆形，碾盘则如一个车轱辘，碾盘中心凿空装的竖轴子，则像是风车。如果不是因为碾盘笨拙沧桑，整个碾子台看起来，则像是巨型的石头玩具。大人后面跟着小孩一步步推着，碾子滚动，灰尘飞扬，碾子咯吱咯吱发出颤音，小孩子咯咯笑着，没有比这更好的农村玩具了。

  牛驴骡拉碾子轧粮食的时候，往往为了不让它们偷吃粮食和感到转圈眩晕，会在眼睛上绑一块布，直包到两耳后面。一般人家，包的都是红布，大约也是出于对碾子的敬畏吧。红色在陕北，有更特别的地方意味，和普遍的中国红还有区别，我以后要专门写关于陕北色彩的一篇文章，但愿我能捕捉到精准的语言，来描绘出这块土地的色彩。

  如今，我刘姓人家的碾子，长久地安息在角落里，石台盘上长起了蒿草，我叔叔放的白羊入夜归来，经常跳上跳下地跑，我亦敢于坐在碾子上，仰高脖子望山闲。如果我祖母活着，这样对碾子不敬，是会吓坏她的，她绝对不会愿意看到我大刺刺叉腿坐在碾子上。当然，现在，亦有麻雀鸽子和鹧鸪，经常来这里人一样蹲着，鸣叫歌唱。青苔也已经爬上了碾盘，仿佛要书写岁月的变更。曾经，一年四季都会高歌特殊曲调的碾子，在电器时代的磨面机代替它们之后，长久地休息为一个喑哑了舌头的老人，独自在沉默里，送着黄昏和黎明。大雪纷飞的冬日，人家姑娘出嫁，远远从新村传来锣鼓声，也不必再因了青龙白虎之名，给它们盖上红布单。它们被遗忘在这里，连同那些多半废弃的老房子，以及院落的野猫野虫子，和那些村庄的鳏寡孤独，作为废弃之物，遗忘在废弃的旧村庄。

现在，就是我再怎么想听一曲碾子的自然曲子，也至多只能在记忆里召唤和回想。现实里，不到二十年，甚至不到十年，它们居然就这样沉默地退出了生活。

曾经，村庄的男人围坐在碾台上开会、纳凉，婆姨围坐着碾台上拉话、纳鞋底织毛衣，孩子们围着碾台捉迷藏，鸡和狗，羊和牛，跳上碾台，拴在碾子上，夕阳的光照在碾子上，日子游游荡荡，好像永生永世就必须那样过着，可以那样过着，却忽然间天变了。

我家的这副碾子旁，长满了枣树，都是已经成年的枣树了。秋天来临，到了八月十五中秋节前后，打枣，枣子落在碾台碾道上，总觉得更干净，更红润。八月十五献月饼，也多是选择在碾子旁边进行。因为有这副碾子，有这大石器在，人的心仿佛也可以沉下来，是安的。

我最喜欢过年时碾糕面，家里人也是。直到现在，碾糕面用机器加工制作出的年糕，家人仍觉得不如碾子碾出的糕面好吃。只要碾糕面，总会是过年时分。它属于细粮，不容易吃到，而过年没有它，却不算是过年。年糕是陕北过年必吃的食物，寓意是年年高的意思吧。

炸年糕是非常受重视的年节食物，而炸年糕的糕面，最好是新一年秋天打下的。过年时分，为了碾年糕面，碾子就开始到了一年中最忙碌的时候，人们尤其怕下雪，因为雪会阻碍村庄人家排队，年糕的质量也会受到影响。年糕的糯米需要头一天晚上泡，泡软了第二天才可以轧。人家磨年糕粉，总是带红柳编制的大簸箕和大笸箩，簸其箩面，笸箩装细面和粗面。那簸箕和笸箩，每年杀猪时分，都要浸了猪血密密渗一层晒干的，为的是它们不漏面粉。

一般磨年糕都会选择大早上，因为是我刘姓人家的碾子，自然刘姓人家靠前，一大早刘姓人家自然就占了碾道。祖母将泡软的软糯黄米倒在已经扫干净的碾台上，接着，将牛或驴套起，眯了眼睛，就可以赶着它们转圈了。一般都是姐姐在筛细面粉，祖母绕着碾子扫啊扫。那扫帚也是自己家的糜子苗成熟收割之后扎的，上面也有粮食和庄稼的香气。有时候糯米因为泡得太软，祖母就会用锅铲铲一铲，然后再接着让牲口碾，不一会继续扫，一簸箕又一簸箕将粮食装到开着露天口子的笸箩里，让姐姐用粗笸和细笸各筛一遍。祖母喜欢吃细细的面炸的年糕，她一直都爱吃，到临死也爱吃，这份爱她到死都保留着，即使在她死了两个儿子的八十多岁之后仍然保留着。吃到软软年糕的时候，她好像对人生都满足了，好像借着这软软绵绵的粮食，她又生出了自己活下去的力量。因为她喜欢吃细面，所以姐姐就筛得仔细，粗笸细笸各过两道。姐姐这些方面比我好，她是得着整个家族欢悦的，圆圆脸，甜甜的，不太爱说话，总是乖乖的。我也要求筛，也喜欢过年时候凑这气氛，也想着讨好祖母。

我出生的时候祖母已经七十多，算是很老很老了，经常哭，尤其后来死了两个儿子更是每天哭，随时哭。我们都想为她做些事，让她能够顺心些。可是祖母不大喜欢我做这些，她看不上我做这些。她也会给我筛笸，但是很快就没收掉了。她觉得我筛面筛得尘土飞扬，握筛笸既轻又高，总是筛到半空中，面粉都飞掉了，我脸和头发都是粉尘太浪费。她不让我玩筛笸，我总会躲在一面看，心里恨恨的。当然，大多时候我赶着羊群在杨树湾，看她们轧面，筛年糕。现在，祖母死了已经六年了，即使过了六年，我仍然有被抛弃的悲哀。每一次，做饺子或者筛糕面，我就被训斥得远远的。祖母是不放心我的,她不相信我的手艺,她也同样不相信我可以将人生过好。从筛糕面到我整个的人生,她一直有着极其深刻的悲叹,她总觉得我过得轻飘飘的,那双把箩总是拿到高空的手,会将整个的人生,也搬离地面。她一再地用她已经没有多少力气的手,往下压我,压我的筛箩,压我的人生。她总觉得我太轻飘飘了,临死的时候仍然如此觉得,惦记着我,总觉得我瓜不落蒂不熟。

  在更早的一些年月,我四五岁时候,爷爷还活着,我也会跟着他碾糕面。祖母围着石碾里里外外扫,爷爷赶着牲口专注磨。爷爷放羊出身,临死前两年在放羊,他的腿就是在放羊时候被过路车碾断的。爷爷在轧年糕面粉的时候喜欢唱山曲子,就如他喜欢打场时候唱曲子一样,他放羊出去独自一人更是喜欢唱。——我那时候不知道自己会在以后的年月里那么喜欢上山曲子。听到爷爷一边轧面一边唱山曲子,我当时觉得开心。那时候我实在是太小太小了,牛的背要上去,驴的背要上去,骡子的背也要上去。爷爷将我抱上牲口的背,我跟着牲口转圈子,仿佛也是拉磨的畜生了,喊着要眯眯眼,眯眯眼。

  最可怕的事,也是这时候发生的。我跟在爷爷的身后轧面,跟着跟着,就动了将手伸进碾子下的心思,我不明白碾子怎么能将颗粒状的米粒儿碾成碎粉,就将手伸了进去。

  代价就是,我的无名指和小指立即被碾了过去,血肉模糊,那指尖盖翻着白色的血肉浮出来。我不敢看也不敢哭。我怕他们骂我。——那是我人生第一次主动戕害自己。可我并不知道这样会受伤。和后来很多次我受伤了才知道是自找的结果一样,和我总把人生过成颓败失望的结果一样,必须在承担后果之时,我才知道,是我自己最先伸出握向灾难的手。

以后，那两只手指有半年无法正常运作，我变得安静起来。再后来，这两只苦命的手指，还又一次受到了荼毒，是被人家打水井的滑轮截了的。不过，只是被剔除了一些肉和指甲，手指被作为残存保留了下来。为怕祖母担心，我仍然没有哭。那时候，爷爷已经去世了，不再轧面。我对他的记忆，极少极少的。只记得他把我抱在拉磨的牲口身上，我叫着："眯眯眼，眯眯眼。"那时候，我想做一头拉碾子的骡子或牛，驴子也行，它最乖巧，最漂亮，孩子们最喜欢驴子呀。这碾子连着我的血与肉，连着过年的糕面与祖父母的身影，连着我们家养过的拉碾子的畜生们，就这样第一次于血肉模糊里，被我记住了。

对这碾子最甜美的记忆，除了它可以带来年糕，还有就是它碾过榆树皮。二爹爹砍了一棵榆树，我们一大家子高高兴兴，要吃榆面饸。榆树皮吃起来很香，但必须碾成粉和面拌起来才好吃。我小时候，就已经很少吃到榆树皮了。二爹爹砍了榆树，我们就有了榆树皮，我们就让这大石碾子轧，簸箕笸箩摆好，毛驴拴好，扫帚放好……一家子都很喜悦。一家子都在等着吃榆树面。——那是我关于刘姓家族最为愉快的一顿饮食记忆。爷爷也还活着，祖母也活着，二爹爹和父亲也活着。他们经常吵吵闹闹，但记忆里有过这么一次，他们齐心协力砍倒一棵树，一大家子围着笋面笋粉，笑着说着，等着吃榆树面做的饸。那样快乐的日子，是农耕时代记忆里最幸福的日子，仿佛日子无论怎样过，只要眯上眼睛，咯吱咯吱，一圈圈碾过去，就会碾出精细又惊喜的生活，碾出重复但有序的人生，碾出一种平平静静的安稳。——想不到，多年之后，我仍然过着这样不断重复的碾轧生活，只是，换了碾道，换了碾台的器材，我自己，也不再是山里和驴子骡牛一样呼吸的野兽。

在照片里，我对我身后的这副碾子展开思考，我想象自己的岁月，它的岁月，想象石器时代的岁月，远古的岁月，想象风，想象石头。我的村庄，我的陕北，是一个一再唤我低头思考石头的地方。这里放着西西弗斯的那颗石头，也放着女娲补天的那块石头。而我，在隐秘的世界，不断去确认一个又一个雕刻石头准备补天的人。因此，我返归我的幼年时代，写下这些，我也渴望找到一块石头，补我露天长恨。

燕燕于飞

最近我在读《符号与象征》一书，图文并茂，图好，文简洁。这样的书，喜欢的人很喜欢，不喜欢的人会觉得浪费纸张。因为多是图片，书重。人们喜欢轻的书。有时候，书的轻重决定着文字的质量。这本书很重，质量也重，重符其实，图文都简洁，看了让人可以灵魂变得轻盈，仿佛随时可以飞翔，我就想推荐给很多人共享。书里讲到燕子，所供的图像却像一幅剪纸。燕子在纸上的天空正展着翅往前飞，它不像鹦鹉站在枝头，不像公鸡站在地上。它在剪纸的图腾纹样里做飞翔状，眼睛一只朝向我，一只朝向未名的天空，那里有我所看不见的黑暗。书上是这样解释燕子的："燕子象征春天与希望，徘徊的燕子象征着好运。燕子每年都会迁徙，翌年回来的时候，还会在同一个地方筑巢，这也使得它与离开、回归联系在一起，同时燕子还象征死亡与重生。"

在陕北，不知道什么时候流传下来的，建造房子，猫有猫道，燕有燕道。人家在窗子上开一个孔，挂片布门帘，里外可以翻动，专门为燕子来回，叫"燕子门"。燕子在这些人家享受着半个主人的待遇，即使是调皮的孩子，也绝对不会去碰燕子。为了防止小孩子碰燕子，大人们还会告诉他们，碰了燕子，家里冬天的酸菜会发臭，不好的命运就会卧在前面等着他们。大人们也不会赶走来家筑巢的燕子，因为那会赶走自己的福气。

陕北人习惯叫叠音，像是不愿意走出童年，燕子要说"燕燕"，羊要说"羊羊"，孩子要说"娃娃"，即使说大男人，也往往用"老汉汉"称呼。对那些憨糊糊的人，则称"憨憨"。在这里，连神仙也是可亲的，叫"神神"，人们有事就"抽签打卦问神神"，神神是一个需要进贡的家人。对于灶王爷，则喊"灶马爷爷"，他也就成了一个蹲在炉台里吃柴禾和炭粉的寻常老头儿。到了南方，我很不习惯这种称呼，改了很久，但燕燕，依然觉得叫得亲切，像是叫我家乡的姐妹。我的一些女同学和女性长辈，好多以燕名，平时叫"燕燕""小燕"。燕子是流动的水，水是飞翔的燕子，它们都是有灵性的。叫燕燕的女孩子，也总是有灵性的，一种飞翔的命运在半空里等着她们。

燕子在我乡下被称为"家燕燕""家雀雀""家鸟鸟"，它就像主人家的孩子一样，有很多可爱的小名。虽然燕子南来北往，不像麻雀和乌鸦是土著，但正因为在来去之间，生长的情谊更深重。在这里，人们对燕子的爱甚过其他的鸟，它天生就享受此殊荣，制造了一种爱的不平等。把自己活成家人的鸟类，在陕北，麻雀也算一种，不过人们称麻雀为"老家八子"，很有点调侃看不上轻微讨厌的意思，应该列入不被待见的那种老头一类人物，而不是需要保护的小孩子。燕子可是金贵的小孩子呀。

猫戴项圈，脖子上颜色不同于身子，就会被叫做项圈猫；身子有花纹，就会被叫做虎斑猫；如果脸像阴阳符号，就叫曹操猫，也叫鸳鸯猫。与之等同，燕子也是戴围脖的，也是以颜色分种类的。那种脖子是白色的燕子，我乡下叫银燕燕；脖子像镶金了一样发黄光,叫金燕燕。不过银燕金燕都是财燕燕,即使村里德行最差的人家,也愿意带彩的燕燕来给他们送财的,都欢迎它们。一到春天,很多人家家里面就相互提醒着,要修修燕燕窝的支撑板了,以准备迎接燕子来做窝。

在陕北,寒食时节是要给小孩子送"面燕燕"的,就是仿燕燕形状做的面塑。有外婆外公的人家,用白面做了不同的鸟形状的食物,送到外孙家,给外孙长光。一些人家,也用面粉和枣泥,捏成燕子模样,用高粱枝干串起来,以招祭亡魂。巧女们伸开巧手,用白面捏制成形状各异的燕燕,点以眉眉眼眼,捏以翅翅腿腿,染以红红绿绿,炕在炕头,或以线绳串起来在门前晾着,比拼手艺,是每年春三月都要做的事情。燕燕是穿越空间和时间的,它冬去春来,在不同的时空里反转,既有远方,也有归途。女孩子们喜欢捏燕燕,也许是因为内心里也有个渴望飞翔的梦。

我家是没有面燕燕的,早读课上别人家的孩子拿了晒干的燕燕来夸耀和吃,曾经起过一些羡慕的。外婆很早就去世了,外公护着一大家子,两个舅舅脑子都不利索,无法独立地做人,自然,也就没有人给我们捏面燕燕。从小,我们没有姑姑也没有姨姨,真是羡慕别人家呀。

倒是在成年之后,姐姐生了孩子,也是要面燕燕的。有一年,她居然好心情地舀水和面,备至案板、碗、碱、刀、锥子、剪子、梳子、筷子、火柴棍和可以吃的红、绿、黄、蓝等色素和做眼睛用的红豆、黑豆以及做脊背串起来的高粱秆等简单道具,给她的几岁的孩子做了一次面燕燕。不知道她是否将蒸好的"面燕燕"用细绳子与大红枣、高粱秆节相串起来,挂在门窗上,院子的枣树上,晾晒后存放,满足孩子可以经常炫耀的心理,或者,起过与院子里租房子住的农村来的妇人比拼的心思。那妇人是什么都可以做的,乡村手艺属于一流。大约姐姐也是嫉妒的。

电话里,她笑着和我说起这些,仿佛在弥补我们的童年。在一起的时光,带着她的孩子,我们有时也去游乐场玩,借着孩子的名义,吃着孩子的燕燕,骑着属于孩子玩的旋转木马,一玩也是半天。

"清明炕上捏燕燕,二十几个穿串串。一天吃上几遍遍,几天吃成枯线线。"这样的童谣生活现在的小孩子是感受不到了,即使我的外甥爱燕燕,也是文化意义上对于新奇东西的好奇,而不是来自内心深处对食物和情感的深度饥渴产生的强烈情感。前年回家,在街市上走,居然看到有老人叫卖"燕燕",拴了几串,五颜六色。有路过小孩子要买,母亲揪着,说:"不能吃,脏,脏。"卖面燕燕的老人倒没有说什么,旁边几个老年人插话:"白格森森白面不能吃,没把你小祖宗饿着!"不过也确实,街头燕燕已经不是买来可以当吃的了,到处都是污染。然而,在街头看到面燕燕,就好像在南方的天空看到飞翔的燕子一样。童年与现在相接,日子怎么过,总会有循环之美。靠着这循环,人们在燕来燕去里,试图将碎片化的生活过出一种地久天长,过成农耕时代的地老天荒。——也许正因为地已老,田园荒芜,不归人才写下这些。

自然地飞在空中的燕子,每年暑来寒往,在我家也是要住一住的,不过它不盖房子不修建,就是从我家的燕子门飞入,在电线上和屋梁上站着盘旋几圈儿。也曾有过做巢的意思吧,我现在仍然毫不怀疑,这是因了我祈祷的原因。在童年,我祈祷过很多事情。我祈祷我种在门口的杏树长起来,祈祷我远远走出家门,祈祷祖母永远不死。同样,祈祷燕子来我家也是一件。我有太多的愿望要实现。我相信,那几只燕子每年来我家盘旋几次,就是听了我的祷告才来的。它们是有过住下来的打算的,但是房子太挤了,一家五六口在一起生活,还有猫,从窗口到后屋梁,拉着一根绳子晾衣服。燕子来了，至多就是将巢做在灯下，那里有唯一一片空置的地方，它们已经开始衔泥。

对，就是这时候，祖母做了唯一的决定。村子里谁家都没有做的决定，她做了。她开始每天赶那些来家的燕子。我在灯下哀哀地哭，祖母就像拔掉我所种下的那些杏子树一样，她告诉我："房子太小了，我们没有地方让燕子落脚，灯下太危险。"她拔掉我的杏子树，也是这样说的："屋子是土窑，水从门下走。树栽在门前，窑会塌的。"在那之前，我们已经经历过一间窑洞的塌陷了。洞天福地，只是幻想，我已经感受过一次那样灭顶之灾的害怕。

我不再哭泣不再祈祷。

很多年之后，祖母去世，我哭得无法克制。小哥哥站在那里，扶着我，只说了一句话，就让我再也无法流下眼泪："你疼，我并不比你少疼。"在一种被抛弃的命运里，我获得了对比，有人承受了同样的灾难。对燕子的爱也是如此，燕子不住我家，但是燕子住对院的三娘娘家，也就够了，我共享了同一种幸福，我便不再觉得自己是被舍弃的，不被燕子祝福的。这种感觉多年之后我习得它的专有名词："移情"。

燕子在对院的三娘娘家筑巢，一筑多年。乡下的院子至多就是搭建个平台，很少有人家围起来。那时候，乡下的房子，也是直接可以推进到里面坐着的。燕子来了，我就会到三娘娘家里坐着，她也不赶我，喜欢着有别人家的大人小孩一起分享这来自老天的荣光。大人们在炉台边坐着拉话，我就在屋子里的大躺柜前站着看燕子。开始是两只燕子，好几天察看环境，即使第一年已经住过了的，也还要仔仔细细考察两天。定好了地方，它们就开始衔泥做窝，在稻田与河边往返。我村的井口在村庄所有人家的山下面，是山泉井，井口很小，但井里的水很甜。大约燕子也是明白的,一般都到这口井旁来衔泥和喝水,它们的窝,即便两口子齐心协力,也得半个月才可初具规模,要竣工,差不多一月有余。不过这个修建房子的过程,倒让人觉得马虎不得,人应该向鸟类学习。比起燕子的精致,喜鹊的窝就像个大布袋,燕子蛋不会从燕窝里掉出来,喜鹊蛋则不然。每次我看见高树上的喜鹊窝,都觉得又好气又好笑,世上怎么有这样的鸟,生活被它们过得马马虎虎,却总是欢欢喜喜。相比于喜鹊,燕子则多了一份沉郁和低调,飞入寻常百姓家的,也只能是燕子而不是喜鹊。王谢堂与百姓家,燕子是皆可以住的,它有这份内在的从容。

燕子在三娘娘家屋顶打造的木板上筑好了窝,就开始要下蛋生育了,如同猫狗一样,它们一胎是比鸽子多好几个儿女的。"五男二女",是我乡人繁衍的最佳的期盼,燕子在某种程度上,也象征着人类的繁衍。一窝燕子,总是五六七个,当然不会更多,但也不至于很少。和鸡一样,燕子也抱窝,等到时机熟了,就可以先后抱出一窝小燕子。小燕子吃虫子,吃尖尖的草,也吃米粒。大燕子为了生儿育女,和人一样,含辛茹苦,在生育阶段,燕子们都是秉心静气的,似乎怕打搅了主人,小鸟们快出窝了,一家子才会表现出一种喜气,全家白日里叽叽喳喳拉话。有时,燕子也会在窗户口休息,但是从来不落在器物上。偶然,小燕子会将粪便洒落在地上,大多时候,它们保持了一种干净,展示出燕尾服主人应有的礼仪。

燕子快出窝了,我就会担心猫儿吃掉燕子,大人们也都担心着,可是他们有更多的话讲,有更多的事情做,小孩子太吵,就会被分配任务:"去照着咱家的猫,小心吃了三娘娘家的燕燕。"在这时候,猫是自家的,燕子则打破了界限,活成了村庄所有人家受宠爱的孩子。印象里,猫从来没吃过小燕子,倒是经常给家人逮回鸽子和兔子来。当然,家猫都是关注燕子的,弓着背伸着懒腰,随时准备跳上窑梁上去，可惜它无法贴墙爬行，然而燕子门那里它是可以到达的。不过，有老燕子随时盘察和祈祷相求，猫们是从来没有真正去实现自己的愿望的，也许它也知道祸福，如果真吃了燕子，猫是逃不了挨一顿打的。与燕子相比，猫的地位矮一大截。人们对燕子怀着一种复杂的爱惜心态，是那种爱而不敢有所作为的心态，无法亲近，只能观看，这样的爱毫不保留却充满绝望。一个人无法抱到一只燕子，一个人却可以抱一只猫，在燕子与猫的竞争中，猫是个失败者，它输给了它自身的强大。大人小孩都要一次次地叮嘱家猫，不要衔燕子。他们指着小小的燕巢，对猫训话，一次次被自己的想象吓到，害怕猫吃了燕子，吃出灾祸，这样的谶语，村子里好多家人家体会过。那时候，燕子不单纯是一种动物，它还是一种命运。只是，人们不敢说出这个人人惧怕的真相，人们害怕这种真相落在自己头上。

关于对院三娘娘家的燕子，在一篇风景描写的文章里，我写过这样的段落：

"有过这样的景象，从南归来的家燕筑巢，生孩子。它们在巢里欣欣向荣，小黄嘴那么可爱，令人心动，全世界都仿佛会为它们让步，会祝福它们健康成长，飞回南方，飞到水边。大人们不让孩子们扛了梯子爬上屋檐，他们说观看燕子燕子会因此羞死。燕子就像个姑娘，也像那种叫做含羞草的植物，你必须假装不认识它，默默地从它身边走过，不然它们被你看着和说着，慢慢弯下了头颅，从电线杆和树梢上掉下来，再也无法回到天空。

好长一段时间，那窝（三娘娘家）燕子里没有任何动静，可是明显可以清晰地看到大燕子的尾巴，看到小燕子的黄嘴。它们也许在长久地熟睡，即使下大雨也不飞出去觅食，它们在积累能量。

我一直以为是这样的，可是蚂蚁从那里掉下来，掉在我的颈子上，我发现了梦想的破灭，燕子们回不到南方了。我知道，它们回不去了。

已经死去的三娘娘,当时六十多岁,颤颤巍巍地爬上木梯,她看见燕子的羽毛在风里微微地抖动,就如我每天白日看见的抖动一样,我以为那是它们在呼吸。她发现了那样的怔忪,身子已经是空了的,只有乱羽了,掏空了燕子们身子的蚂蚁们仍然在辛勤地爬来爬去,忙碌地吸吮。

我们平时会用开水烫死炉台上的蚂蚁,不管红蚂蚁还是黑蚂蚁,不管是蝼蚁还是大蚂蚁,我们都会迫不及待拔开暖水瓶的盖子去烫死它们。它们喜欢油,闻到食用油就会一大堆一大堆地率众而来,我讨厌它们。

可是燕子的泥窝在屋檐上,开水浇下去没有什么用,重要的是,燕子寻旧迹,第二年来时它们会找那些曾经被别的燕子筑过巢的人家。三娘娘喜欢燕子,她的母亲在她出生不久就死掉了,她后来有了个后妈,她的父亲官至省长,是更后来的事情了。在此之前,她在后妈制下活着,不到十三岁,就跑到我们村子,嫁给了打小就耳聋的三爷爷,生了一窝子孙。她总是喜欢远方,喜欢燕子,母亲是死掉了,父亲在远方,做着省长的官,可已经不要她了的。大约她虽然恨他,总也还是爱着他的。她喜欢燕子,喜欢着那样的思念。

三娘娘收拾了燕子的羽毛,打扫了窝,每天射一些灭虫的药在屋檐。这件事情就这样过去了。

这已经过了很多年,我不知道燕子再有没有在那里筑巢过,那年秋天,我由南方的燕子带领,到南方读书了。"

这样悲伤的事情,也许我不该写出,燕子应该是只有飞翔没有死的,有归来有离去。燕子怎么可以死呢?

清代一个不出名的诗人有首绝句:"牧笛声中踏浅沙,竹篱深处暮烟多。垂髫村女依旧说,燕子今朝又作窠。"今年我回家,哥哥搬迁到新农村，房子大了，也有了宽宽的屋檐，一抬头，发现燕子来我新家的屋檐下做巢了。小小巧巧的窝，让人心疼，我看到的时候，那时候已经是秋天，燕子已经走掉了，巢还在。

南京有燕子矶，让人想到南方的燕子，想到北方的燕子，想到不断在路上的思念。我乡下女子剪纸，要剪个燕子；婆姨捏面花，要捏个燕子，难道也在暗里说相思？做个燕子飞飞飞，总要起归意。大约每个看到燕子的人，都会有这种心思，在飞翔与回归之间，生出为人在世的怅然。

《诗经》里有：

燕燕于飞，差池其羽。之子于归，远送于野。瞻望弗及，泣涕如雨。
燕燕于飞，颉之颃之。之子于归，远于将之。瞻望弗及，伫立以泣。
燕燕于飞，下上其音。之子于归，远送于南。瞻望弗及，实劳我心。
仲氏任只，其心塞渊。终温且惠，淑慎其身。先君之思，以勖寡人。

可见，燕子从来是既衔悲欢又衔愁的，我毫不怀疑，哥哥家屋下做窝的燕子，和我小时候所看到的燕子是一家子，是从古《诗经》里飞来的。只是筑在三娘娘家屋梁上的那窝燕子，再也没有飞出，而现在，三娘娘也去世几个年头了，那房子塌了又塌，燕子巢被彻底覆埋了……

神鸦社鼓

在陕北，乌鸦是最有死亡意识的物种，人们恨它，又崇拜它。人们最开始讨厌乌鸦，也许并不因为其黑，长翅膀的黑色两腿动物多得是。人们讨厌它，大约因它的聪明。人喜欢与阿猫阿狗相处，甚至超过对人的感情，一定程度，也是因为人的聪明。而对乌鸦的情绪，则暧昧的多。

《梅花易数》里有乌鸦报灾的记载。记得以前课堂上，老师说到邵雍宣传自己的感应理论，曾经讲了一个故事，他说一个姑娘将于三日之内死在西墙梅树下的故事，就是按照方位时间以及物象来定的，结果那个姑娘真死了。老师具体讲了一些什么我忘记了，我印象深刻的是那一只在梅树上站着的鸟。那应该是乌鸦。《梅花易数》的名字很好听，但"梅花"也是"霉花"，人们对"霉"其实没有多少喜爱的。然而否极泰来，极坏的事物里酝酿着好，越是深夜十二点，越是阳气往起升。邵雍也许最明白这一点，所以他提出梅花外应法。乌鸦也许是同样的原理和前提，那就是一个人起了什么念头就会感应到什么事情。

我们家对乌鸦有特别的感情，乌鸦在冬天更让人害怕，父亲和二叔去世的那年,乌鸦在冬天叫了一冬。我家的院落在一个平台上面,斜对面的那个平台上有王姓人家的打谷场,过来有两片地,一面靠着一家崖畔,一面靠着村庄的大马路。而在这两片土地之间,有一所小庙,这庙不属于村庄的,是崖畔下人家自己建立的小庙,据说他家供奉的猫鬼神就在这里。当然,对外说是别的神仙,因为有猫鬼神的人家,一般不受欢迎。猫鬼神是半鬼半神,既办坏事也办好事,有能力去挪用别人家的东西回主人家,所以别人不喜欢。也就是这两片土地这里,经常有乌鸦。我幼年所有的乌鸦,好像就住在这个地方,它们大半个晚上在这里叫唤,飞跑。村庄建立的地方,由大汽车道到古井旁,一路往下都是人家。只要乌鸦站在这个崖畔叫,祖母和对院的三祖母就认为上村可能要有人死掉了。她们睡在炕头,半个夜晚悄悄地议论着。当然,村子里在冬天经常会死人,那些上了年纪的老头老太太,很不容易过冬天。后来,祖母和三祖母,也是死在冬天的。

  我上六年级,离开了村子,在另一个乡的村子就读,每天要走十多里路。冬天的早晨天亮起来迟,从家门口往上,经过一片空落的露天戏台。那戏台每年正月二十必给村里的神鬼唱三天大戏,戏场有燃烧了几十年的煤灰渣子,因为每年都要请回村庄的鬼神来,同时烧两堆炭火给他们取暖。因为这种巫术的原因,我对这个戏台总有点害怕,再加上村里好几户人家出了傻子和疯子,神官神婆的说法,意思就是"大正房崖下的木头橡子被拿了",而大正房,说的就是已经倒塌的戏台旁的两间属于庙产的房子。村人们对于庙产非常忌讳,认为拿了庙产的人家会被神灵诅咒,一家子遭殃,甚至有人因此会死掉。

  每天,当我从这一片五十多米的路上走过,戏台中央的一根没有拆卸的木棍顶端,就会飞起一只乌鸦,尖叫着飞向前坪那边去。前坪,是一片土地的名字,上面是平地,下面是斜坡,平地的最顶端,有村庄正式的庙,里面供奉着五条颜色各一的龙王。村庄死了人和平日及过年供奉鬼神,都得先到这里打醮。村子的戏台就对着这个庙宇的正门方向。戏台与庙台,隔一条沟,走路需要二十多分钟,平行也最多不过百米。我去上学的路上,怎么绕,都得经过这一条路,因为其他路都是深沟,还没有开发,不然就得绕道别人的村庄。

那乌鸦从戏台的木杆上起身,一路飞往村庙,到那里等着我,准备再一次惊吓我。我一直以为它是故意的。直到后来,我几乎习惯了它的作陪。它飞起,就会惊起戏台过来那边的一个露天砖窑里的各种生灵,有耗子。再往下,则是枯干了的桃树。春夏之交桃花盈盈,夏秋之间桃子丰圆。然而这时节,却是一沟杂草。乌鸦惊起,我往那边跑,脚下都是冬天的枯叶枯草,一路碎响。总会碰到兔子,毛茸茸的,它们也从杂草里跑出,寻找自己的活路,有时甚至掠过我的脚踝。我能感觉得到,一个热腾腾的大物,从我身边走过了。远远的山头有狐子在叫,像小孩子的哭声,在太阳快出来之前。按理这些年已经没有狐狸了,可是人家的鸡总会被偷吃掉,村里人那几年总能听到狐子叫,却只有几次见到过狐狸。当然,山里面偶尔还有野猪,一些人是见过的。它们小小的,皮比家猪黑,跑起来却可以从山崖上一跃而下。

我从沟里跑下去,再往上,就是庙宇。庙里庙外,神鸦社鼓。鸦是乌鸦,鼓是社鼓;鸦住在庙里,鼓敲响在庙门。在那里,正月里会在庙宇里敲锣打鼓做法事,可这时节,这早晨,只有这乌鸦在给我歌唱招魂。它将窝做在戏台边的大正房里,也做在庙宇里。它在那里喊着,我从庙旁边下来的汽车道上走着,没有人,也没有风。有时会有新鲜的白雪,我是第一个踩着上学的人。村子里在这里上学的只有两个孩子，那个男孩家住在学校旁边的姑姑家，只有我，只有这只鸟陪着。再翻一道坡，上面叫做田间梁，是孤坟，所有没有子女的人，都埋在了这里。有很多白杨树，一片平整的土地上，没有叶子，光秃秃地站着很多白杨树，乌鸦在那里引颈高歌。我必须独自一人蹚过那里，然后，才可以迎来晨光。

开始是怕的，跑。前几届的学生，大多上到五年级就不上了。学校太远了，不到这个村子就得到另一个村子，实在远，路上的怪鸟怪物多。

不过，慢慢也就习惯了，以至春天来后不久，人们醒得早，天亮得也快，乌鸦到深林里去了，我还有点落寞，就像家里的猫狗跑到别人家去一样，感觉有什么丢失了。

我迄今不明白，乌鸦为什么总在大雪天成群结队现身。乌鸦叫走了我祖母的丈夫，又叫走了她的大儿子，接着叫走了她的二儿子。每次听到乌鸦叫，祖母总会害怕地哭。但是在白雪皑皑的深冬，乌鸦落在院落里来找吃的，她还会专门挖半碗米给它们。到冬天，她的担心就会多很多。在我少年的朦胧记忆里，她曾经说过，鸟是前世的亲戚转的。是不是因为这一层意思，即便让她内心恐惧的乌鸦，她也不愿意让它饿死呢？在冬天，她老是担心饿死雪地里的鸟，一样，也担心饿死这种乡下人即便很饿也不打来吃的黑漆漆的乌鸦，总觉得它整个都是不吉祥的，肉也不吉祥。

那时候还不明白多少古诗词，后来，在古诗词里读到"枯藤老树昏鸦"，"斜阳外，寒鸦数点，流水绕孤村"，"于今腐草无萤火，终古垂杨有暮鸦"……总觉得忽然之间天气里会突然浓稠几分。倒不是恐怖，只觉得惆怅，会想起我童年时代的乌鸦声，它们曾经那样地惊扰过我，却又以那种方式陪伴过我，既惊骇又温润。

一种混合的情感，从乌鸦这里产生，伴随着我直到现在，以至看到乌字，总让我觉得有另一个故乡，另一个世界，如"乌有之乡"。南京有"乌衣巷"，那首"乌衣巷口夕阳斜"也制造了一种特别的味道；少数民族里有乌桓族，单看名字就让人有一种奇异感。我所生长的陕北再往北，是内蒙，有乌梁素海，一个内陆湖，靠着的山是乌拉山。这一山一湖，总让我觉得生活着很多乌鸦。我家乡的很多乌鸦，肯定是这里来的，是这里的子民。

不知道为什么，乌鸦总给我一种贵族之气。不是那种土豪式的贵气，而是那种奢华的低调，那种不冷不热，那种非刻意制造的距离，感觉它就像是被贬斥的贵族，骨子里有自己的清气，对于重返家园毫不怀想，对于与人类合作，向人类低头，也毫不做打算。它的一身黑服，表达了一种认命和固执。我对这种鸟的敬意，也大约是因为这些方面。

《西洲曲》里有"单衫杏子红，双鬓鸦雏色"。小时候读到这样的句子，我想到的是山间的红嘴鸦。美人神韵有时在鸟身上也可以体现，可见古人其实并不是多么讨厌乌鸦的。

乌鸦对我形成了一种强大的心理暗示，以至我在内心对讨厌乌鸦的人有小小的鄙视，总觉得他们生活在一个单调乏味的世界，怕预知灾难，怕被生活回收某些自认为的幸福感，有一种患得患失的心理。

我从不认为乌鸦是不吉的，但看到它总会比看到喜鹊觉得悲伤，但我并不认为自己的灵魂和喜鹊有更多的交集，反倒是乌鸦，当它念起人们害怕的咒语的时候，让我思考整个人类的生存。

在日本，有太多的黑乌鸦，甚至也有白乌鸦，打破了乌鸦全是黑色的一贯的说法。即使是日本这样高度关注生态的国家，对于乌鸦，也是不喜的。乌鸦一直没有把自己过成家人，即使跟人类那么近。鹦鹉可以是家人,鸽子可以是家人,甚至麻雀被人赞美为大地上的平民,也是可以当家人对待的,但乌鸦不行。为此,我总为乌鸦不平。在我这里,无论暮色如何昏黄,天气如何寒冷,看见乌鸦在枝头上站立,仿佛在严肃地思考自身的生存,我也觉得天地还是好的,一切都还在往地久天长里过。乌鸦那么惹人厌,还不是活着,还不是不断扑腾着飞向光亮?即使我在这人世孤独,即使我选择永远一个人去走人迹稀少的小径,我也还是愿意相信着一些什么,比如,相信着乌鸦自来自去。

我现居西安,寒鸦尤其多。在师大的老校区,一进正门,两面高树下,白花花一片都是乌鸦屎。人走自己的路,鸟在高树上拉自己的屎,似乎两不相干,也没有多少人专门诅咒它带来的不吉。在冬天,乌鸦似乎不喜欢远距离搬迁,不会像大雁一样往南飞。不过,冬天总看到它们聚集起来,越来越多,在城里的公园安家。似乎一到冬天,它们就开会商议着集体过冬,一群一群,在萧瑟的林间飞奔,起落,挥动起长长的黑色扫把,向愚蠢的人类展示神秘的神迹。对于我,因为幼年的经验,总觉得乌鸦不是生人了。我对那些不愿对生活进行改变的人,有着一些特别的理解。至少,即使乌鸦是不吉的,但那种不吉已经探测过了,明白过了,不是那么惊心动魄。来就来吧,我喜欢它。

人们讨厌乌鸦,也许是因为乌鸦的聪明。人们认猴子和猩猩做祖先,却不会认乌鸦做祖先,也许并不纯是因为基因的原因,而是对这种体型小的动物的一种藐视。实际上,就智商来说,我是愿意与乌鸦同宗的。何况,它一直保持着与人类不进行合唱的高贵姿态,这多么令人向往。我们,往往在合作里酝酿阴谋,美名其曰利益最大化,实际上却可能是一种暴力。相比而言,我更喜欢乌鸦独来独往,不与人谋食,不被人类豢养。不受人喜欢,就不会被大规模捉来养在笼子里,就不会被无故吃掉。不讨喜,甚至是不祥的,就会不太被干扰,就相对自由自在。自由自在,无论作为一只鸟还是一个人,都是应该去追求的状态。生命在自由自在里,在一种独自进行里,才走得更远。乌鸦大约最懂得这种不被人干涉的深深的孤独和自在吧,在自身深处,它为人类打下一个缺口,展开一幅恐惧和深渊的画面,黑色在跌落中,永远。

无论人们多么害怕和诅咒,都无法消灭乌鸦的叫声,只有鸟亡歌才熄,鸟灭才会意绝。乌鸦体现了一种绝对的自我和不被收买。因此,某种程度而言,它独自弹奏的哀音,更应该获得向往自由的人类的赞美。

我陕北方言,叫乌鸦为"老鸹(读wa)"。大人们吓唬小孩子,往往伸开两个膀子,做飞翔状,一边大睁着眼睛喊着:"老鸹来了,老鸹来了。"孩子会被惊吓地哭,但也觉得有奇异的欢喜。因此,写到乌鸦,真有点想念童年了,因它所制造的奇异的恐怖的欢喜,像一个短暂的节日。禁忌总令人兴奋,这方面,弗雷泽的《金枝》有非常详细的论述。

鸡鸣岁月

鸡是天上的，在陕北，它们最终也要升天的。陕北民间故事里，龙王借了鸡的双角，到了玉帝前尽显才能，一朝得宠，耀武扬威，于是再也没有将鸡的双角还回来。后来，公鸡就只有鲜艳的冠子，在人间走来走去，按时打鸣尽职，被人吃，为的是有朝一日重回天庭，找回自己的双角重整纲常。当然，这里也涉及蜈蚣这种滥好人，最后，它进入了鸡的食物链之中。命运的承接与谶戒，在乡村伦理中，一以贯之有着自己前世今生的循环，毫不偏悖。

鸡为"吉"音，属于吉祥者，如羊通"祥"，故有"三羊开泰"。鸡为阳，为正，和太阳有关，和古中国文化里的男人有关，是生命的象征。鸡在陕北更有着非常特殊的文化含义，内蕴古远，比中国的"鸡"地图遥远。《符号与象征》一书里，对公鸡和母鸡相互做了说明，看似简短的解释，却也昭示了它的过去与未来。

"公鸡：公鸡也属于阳兽，象征拂晓、男人的自豪、欣欣向荣以及勇气。雄鸡报晓象征主宰。古希腊人和古罗马人常用公鸡祭祀神灵。日本神道教在鼓上绘制公鸡的图案，每逢祷告，便击鼓告之教众。"

"母鸡:一般来说,看到胖墩墩的母鸡趴在窝里孵化小鸡的是皇后,我们都会联想到母爱与关怀。母鸡还象征产子繁衍与神灵的恩泽。希伯来人以公鸡和母鸡代表新婚的伉俪。"

陕北乡下,新郎不在,当兵或出远门,亦或伤亡,古代是可以抱鸡出嫁的。鸡,也就可以成为丈夫的象征。这一点,和古希伯来文化有着遥远的呼应。

鸡可以招魂。在我陕北乡下,鸡身上有人的灵。谁家的大人或孩子受了惊吓,被老年人认为丢了魂,就会由家中老妇出面,一边手里抱着鸡,一边叫着病人的名走出家门。招魂歌必须连着喊三天,一般选早晨日出前,也可在傍晚日落时。第一次招魂选择在早晨的第一次鸡鸣时分。老妇抱着鸡,拍着它,跟在拿着秤砣的另一个家人的后面。这个家人可男可女,可老可少。秤里必须放着病人生病以来随身穿着的一件衣服,据说被召回的三魂中的游魂就附在这衣服上面。老妇走到碾道边,走到大马路旁,走到门口,都会抓一簇土抹在病人的衣服上。因了土的重量,秤杆就不断地偏向另一头,就被认为是魂魄在上面了。往回走时,是老妇在前,另一个家人在后,老妇会喊:"xx,回来。"后面的人就会答应:"回来了!"回到家门口,放了公鸡,就算是招魂了。要是隆重严肃一点,则是在红布条上写上病人的名字,拴在公鸡上,喊着病人的名,然后把公鸡抱进房间,在病人身上从上到下盘旋一番,接着再抱出去,是为招魂。

在办丧事时,也是要公鸡引魂的,必须是那种红冠子大公鸡。主人家一老下人("下"发"ha"音。"一老下人"为陕北方言,意为"人一去世"),就会四处访问一只红公鸡,买回来等着下葬用。当然,一些有老人的人家,通常都会养一只红冠子公鸡的,以备人殁了用,就如一些老人早早就给自己备下棺木一样。这样的人有着深刻的乡间哲学，挑剔，负责，这些人有的是不愿麻烦儿女，有的则是因为有自己特别喜欢的木料，要那种上好的木料做的棺木才满意，如柏木榆木。在陕北，我一直认为有一个特别的时代，石器时代之后，人们进入了木器时代，必须过遥远的一些年，人们才进入史书上的铁器时代。不然，我乡人不会见木就下拜，不会要死后住进木房子里，不会那么看重木质器具。当然，这些也许仅仅是我的猜测，我的胡思乱想，只是安慰我一个人的。有幸被选作招魂的红冠子公鸡，它们有极长的寿命，受着各种特殊的供养，至少不会被随意吃掉。它们即使是卖价，也不会按照市场价格来出售的，因了它们神秘的功用，它们比普通的鸡值钱。然而，较为残酷的是，备下红冠子鸡的人家，死掉的，有时是子辈而不是父辈，儿子背了老父的棺材和引魂鸡，早早地入土去了。这是多么令人悲伤的事情。这样的事情在我小时候的记忆里却发生过好几起。世事难料，人愁黯黯。仔细想，吃五谷生灾难，也是无常中的有常，算不得什么可惊异之事。

　　我家里，有鸡的。开始是爷爷去世了，用自家养的红冠子公鸡引的魂；接着我父亲去世了，用的也是自家的公鸡；同一年，与父亲相差不到一个月，二叔出车祸去世了。下葬是在六个月后，因为打官司，人是被车子碾坏的，未曾死亡，又回头碾了一次。官司打了很久，家里乌烟瘴气。下葬时，人早就拉在了坟畔。这一回，似乎没有公鸡引魂。不过时间过了十几年，很不好的事情，我似乎全忘记了。他们的棺材都是临时打制的，我还记得木匠在院子里不断旋出好看的木花。那时候我九岁，接着我十岁，房间的炕上，开始是躺着穿了像是清朝官人才穿的大花衣服的爷爷，接着是父亲……

　　那以后就不再养公鸡了，母鸡也没有了。祖母不给自己预备棺木，也不给自己预备公鸡。家里人开始对抗命运，生活就像打仗，就这样活着，就这样活着吧，兵来将挡水来土淹，血肉之躯又能怎么办？一切要学着去承受，甚至是——接纳。这两个字让人觉得有羞耻感，一切对苦难的包容和吸收，对苦难的慷慨相认，都是一种自我意志的背叛。我讨厌从疼痛之上吸取养料，就如讨厌梅花香自苦寒来一样。我讨厌我们民族里以苦为乐那种自虐"品质"，甚至，认为这种自虐是一种文化里的奴性，不丢弃人就永远无法自由活着。

父亲去世后十四年，祖母去世，家里不养鸡也十多年了。2010年腊月，祖母刚殁下，小哥哥就三村四镇去访问大红冠子公鸡了。当时已经搬到新农村，生活就像城市一样，除了养鸡场，寻常人家也没有地方养鸡。哥哥找了一户给家里长辈留着引魂鸡的人家，给了一个大价钱，才把那鸡抱了回来。

老年人殁了，要走全套程序。三天和下葬都是要鸡的，三天的鸡叫看丧鸡，下葬的鸡叫引魂入土鸡。祖母腊月十二殁的。那鸡来家是腊月十三四吧，因着是二十日才下葬，那鸡就被养在瓮里，拴着绳子，放在后面的屋檐下。那屋檐对着阴暗面，冷。我和姐姐一次次去看，生怕冻死它。我们不说话，给它吃的，喝的。我从来没有问过姐姐，有没有祈祷它不要死掉？我们家的人，对动物都疯狂，从猫到鸡到狗到牛羊到天上飞的，水里游的，我们都恨不得抱来怀里养着。我们家一年四季吵啊吵，每个人都像得了狂躁症，面对动物却都可以平心静气，达成一致建议，要它们活下去，长久地活着，要它们愉悦……在动物世界里，我们家实现了我们的太平盛世和共产主义。

下葬时，那鸡开始是放在棺材上的，一切完备，准备就绪，哥哥就抱着那引魂鸡扛着灵幡出发了，那灵幡上也是剪纸做的鸡，高高地随风飘着。起灵时候引魂锣鼓开道,那鸡因为受了惊吓,不断地叫,头抖抖嗦嗦,显得要死了一样,反倒显得精神。而我,因为知道它死不了,所以一点都不担心它,甚至为能这样吓唬它一吓产生一种恶作剧的快感。虽然,埋祖母的时候我哭得一塌糊涂。——我的泪是真的。不知道为什么,面对此情此景,我现在想起来,确实还觉得骇异又惊喜,仿似那鸡活着,祖母就活着。

那鸡本来在坟头放了鸡冠血,就可以杀来炖肉吃。然而哥哥不忍心,一直从坟头抱了回来,养了好几天。新农村靠近街市,无土无圈,狗多,鸡几乎没有,只我一家的这只鸡被狗追着跑。村人劝家人杀了这只鸡,终究没人忍心,好像它身上真附了祖母的魂,即便已经是附着过了,也是不忍,于是就送了住在旧村的同姓侄儿。那侄儿同我相差两岁,不过已娶已育,长得高大壮硕。他将那鸡放在摩托车上,一路往旧村就去了。后来几次闻讯,也都是活着的。我经常装作无事就发问,左扯右拉想问这鸡如何了,好像这鸡活着,是一种安慰。家人也问,小姐姐隔一段时间告诉我一下这鸡的消息。我们都保守着一个同样的秘密,不说出口,只是夸赞着:"那鸡打鸣呢,村里人都听得见。""那鸡聪明着呢,率领着一群母鸡。""那鸡作势要咉人呢,扎势得很"……那鸡活了至少几年,直到我们都在沉默里不再问起它的消息,所有人都假装忘记它终究被一烹的命运。当然,我也曾经无数次祈求,希望它终老而死,不过它终究再无踪迹。

陕北剪纸、陕北的面花、陕北陶瓷器具等系列民艺里,有抓鸡娃娃(也为抓髻娃娃),通常都为女性,扎着两个发髻,做跳舞状、卧伏状或站立状。陕北人把小孩叫做"娃娃",把回音叫做"崖娃娃"。也许是因为"蛙"繁殖力强,所以取其名。前年春日行过溪边,青蛙排卵以绳系,枯河上到处都是一串又一串蛙卵的长带，颇令人震骇。我第一次觉得豁然开朗，明白我陕北人为什么喜欢叫小孩为"娃娃"。当然，女娲炼石，所以"娃"从"女"，也可以看作一种母系信仰的延伸。

过年时候，剪纸可以做装饰，贴在窗子上，避鬼镇邪。年是一年里最大的节日，也同时是"劫日"，小节是小劫，大节是大劫。年是大劫，所以要小心翼翼地过，过出一种表面的热闹，才能过成一种安慰，过成一种吉日。一切生与死，不幸与幸，都在既济与未济之间流转。所以，劫日也可以是吉日，只要人心里有期待的美满。我陕北乡下人，懂得收起这份恐惧，将悲伤过成喜庆，尤其我家人。毕竟，人要活下去，一切都要在喘息中张开。村人们追求吉祥，一般都会在过年贴对子糊窗子。平日里的窗子可以不用剪纸，过年的时候，大多人家会用红色纸剪双鸡，一左一右贴在窗棂上。鸡属阳，是吉祥物，为让它镇邪镇鬼。它在人们心中是力的象征，生命的图腾。我陕北乡下出土的粗陶里，居然也有鸡图案，用于墓地中，就像"迷宫"的符号一样，昭示着另一种可能存在的生活方式和生命言说。当我穿过记忆的泥淖召唤我的幼年，召唤村中的鸡，我想起的远比我写下的多。通过鸡这个符号，这个两腿动物，这可以飞翔的地上的鸟，我进入墓地与我的祖母相会。

很久以来，至少已经有三年了，我以为我忘记了一切，她的死，我整个的生存。事实上，在"鸡"这神秘的符号里，我与我的从前相遇。匍匐跪拜这些藏于脑海深处的记忆，也许只为从记忆里，召唤回曾经被爱的岁月，召唤回我的亲人。

"引魂鸡""招魂鸡""抓鸡娃娃"，这些曾经让我害怕恐惧的东西，隔着时光看这些驱邪治病的奇怪物什，我想到我幼年时代所见的一些人的新婚仪式，下葬仪式，想到黄土坡上乡下人的生存，一首熟悉的歌在记忆里响起：

"脚踩莲花手提笙，左男右女双新人。身下铰个聚宝盆，新媳妇以后生贵人。双双儿，双双女，双双儿女满坑跑。白女子，黑小子，能针快马要好的。养女子，要巧的，生小子骑马戴顶子。吃不缺穿不愁，如意吉祥最好活。彩边铰个碎万字，新媳妇聪明顶万事……新人脚底踩莲花，两口子结下好缘法。"

我的祖母在炕上剪着纸人，准备做法事，为我驱魔，她唱着这样的歌。那时候我以为一切都可以天长地久，祖母不会老不会死……那时候鸡是窗棂上的，怀里的，人家新婚夜里的。那时候鸡还没有进城，鸡还没有被用坏，没有全然沦为一种被吃的命运。那时候，鸡还不是一道肉体的盛宴。

看似粗鄙甚至带有迷信的民俗里，藏着乡村人渴望安稳生活的期待，同时也是他们的生活哲学和信仰。万事的不安与焦虑，都可以在日常里找到开解之法，都自有解释和相通处。我应该较为明确地说出，在我乡下，"抓鸡"取双关之意，有生殖繁衍之意。所以抓鸡娃娃多为女子，尤其在洞房花烛之时出现的抓鸡棉花和抓鸡剪纸，他们是乡村性事的隐喻。在较为不远的年代里，由于陕北地处文化中心偏远地带，高原特征千沟万壑，使得原始形态的鸡形象得以保持下来。鸡是一种性事，但涉及灵魂，不纯是一场肉体和金钱的交换。然而，近年来交通和网络的发展，曾经可以安放灵魂的"鸡"，也几乎就要变为人类学研究领域的"活化石"了。

现在，也许过不了多少年，那落在陕北每家每户窑洞窗棂上的大红公鸡，就会腾空而飞，上到西天不再回来，彻底去向龙王讨要它头上的那对角，不再过问人间的祸福。因为，时代已经不再欢迎它的鸣叫，它落入了普通肉食动物的命运。甚至，更不如。

保锁与开锁

　　我村庄有很多人叫留宝，即使是七八十岁了，也还被叫做宝宝。我现在记住的七八十岁的留宝就有三个，分别是王留宝、刘留宝、张留宝，他们都是被干爹干娘做保留下来的宝贝，出生不久就被保锁锁住了。这些人，在很小的时候，就开始了保锁仪式。一般人家的孩子，也是要保锁的，保到十二岁，天干地支里的十二生肖都过一番，他们就可以开锁出监了。一岁到十二岁，小孩子是要坐牢的。在陕北，和《圣经》里上帝认为羔羊有罪一样，我黄土坡上的乡下人认为生而为人并不是幸事，只因为前生有亏欠，而为了还完前世的亏欠，要坐完一轮十二生肖，也就是十二年，然后通过开锁仪式，才可以洗净前世罪孽重新做人。一些人认为中国文化缺乏自罪自悔意识，实际上在我陕北，这方面的自我忏悔意识一直存在着，从开锁和保锁这样的习俗就可以看出来。尽管现在进入了工业化时代，人们倡导科学生活，但我县城和乡下，十二岁给小孩开锁，并不见淡化，甚至有越来越隆重的趋势，因为计划生育的原因，小孩子生的少，做父母，就更希望他们不要有什么三长两短，自然感念上天，要趁他们魂魄不全将他们锁住不要跑掉，保佑他们活过幼年。

人死后有中阴身，未满十二岁的小孩子过世，佛道两教都不做七，他们无法顺利完成中阴身过度，只能等到中阴身的七七过后，自行飘散。这也是非常悲哀的事情。所以，在我乡下，小孩子如果死掉，最好在十二岁之后，他还可以进祖坟；而十二岁之前死掉，是不能算人的，亦无法像个样子做个鬼，不允许建坟。我说的当然是男孩子。女孩子只能扔掉尸身，烧掉，火化。当然，最好是找个死了男子的光棍，配阴婚，这样娘家不必面对尸身的麻烦，甚至还通过配冥婚发笔小财。在陕北的大部分地区，女子出嫁是要一笔彩礼的，离门报父母恩，大有买卖的意思。

猫狗贱养易存活，乡村人家，也知道自己的孩子不是含着金钥匙出生的，多冠以猫狗名，易养。生下来的孩子，一些人家觉得不好养活，就会给孩子找干亲，认几个干爹干娘，这些干爹干娘个人应该算得上村子镇子的头面人物，有说话权，爷娘俱在，自己孩子也已经生了几个，而且健康活着，才是有资格认干亲的。人们认为父母兄弟俱在儿女俱全的人受着上天的祝福，为了分享他们的福气，就让小孩子认他们做干亲，以保护自己家孩子长命。当然，也可以认植物动物为干爹干娘，以祈分享它们的生命。

我父亲学名叫刘荣，在陕北，"荣"读"云"，所以也有时写成刘云，让我想到流云子来自去无挂碍，但也是留云，明知不可而留，是为留。我现在的笔名就叫一片云，简单，却又含有一点思念之意，这点意思我从来没有说出来过。我父亲的小名叫面换，她是祖母求爷爷告奶奶走了很多家寺庙和乞讨了很多家的口粮换来的，因为，在此之前，祖母所生的孩子都死掉了，有好几个，其中一个女孩儿都三四岁了，还死掉。父亲作为祖母活下来的最大的儿子，叫面换，也是贱命，为的是好养，将生命将给了麦子，草色青青，一年一度，期待锁住他在世的生命。可以庆幸，父亲活到了半百，虽然先于祖母走了十四年，但毕竟算活到了成年，某种暗中保佑的神灵还是满足了血肉之人的卑微愿望。

祖母的二儿子，我的二叔，叫二命，祖母怕他死掉，也是于生命的锁轴里，为他多祈求了一条绳索，希望他能有机会多活一次。可是他同他的哥哥一样，人到中年，提早就结束在世的生命去修行自己的下一世轮回了。

也许，我将他们捉来写进文字里，他们就又不得不重活一次，算是度过了第二次生命，一片流云两条命，与我在文字上团聚，最终，我们一起会跌入文字的灰烬里，不留下任何痕迹。祖母叫王团女，团这个字是一种汇聚，我们将和她一起相逢在泥土和灰烬的天长地久里，相聚在云层之下，尘埃之中，那时候我们就是流云与尘埃，自来自去，再没有分离与衰老。人世的长命锁，再不能锁到我们。

其实，在云南乡下，比这更离奇，我彝族的朋友说他们也认干亲，认鸡认羊为爹娘，认门头的某棵树，或过路的货郎，也可以是一座桥，为了保孩子，是一切万物都可以做干亲的，万物共享哀与荣，是生命的初始也是生命的终结。我陕北认的干爹干娘都还是人。认了干亲，小孩子就成了一种"寄养"关系，有的改姓，有的就取猫狗等寻常之物的小名，有的，则不叫父母为父母，而称呼别的，比如舅舅姨姨，这样的目的既是减轻孩子的罪，也是为了让鬼邪知道孩子不是真正的父母的，父母身上所犯的现世罪由自己抵消，就犯冲不到儿女身上。

认人做爹妈，年年生日，干爹和干妈是要送小孩礼物的，一身新衣服，还有蒸的面鱼鱼。当然，生日是大日子，要正式过。讲究的人家，在十二岁之前，每一个生日，都是要大做法事的，以驱除孩子未来一年的风险，于是，就有干爹干妈要给孩子挂锁念保锁词：

天保定，地保定，这个孩童我保定。一岁两岁天保定，三岁四岁地保定，五岁六岁神保定，七岁八岁人保定，九岁十岁我保定，十一十二岁都保定。天保三年得富贵，地保三年能平安，神保三年有福禄，人保三年能长寿。一钵柳树扎下根，辈辈根芽能长久，保得孩童长成人，保得孩童富贵子。先长红胡成后生，再长白胡成老汉，从小到老无疾患，一应关煞不犯身。

由干爹干妈保锁的孩子，是特别不易养活的孩子。这些人到了十二岁，由干爹干妈之一为其开锁，被开锁孩子的父母，要给保锁人一些酬劳，红布是必须的，因为红布镇邪，另外也可以加一些被面，最差，也要送几个鸡蛋。这些干爹干妈，有些是一辈子都常来常往；有些开锁之后，就可以不再来往了，但说起来，仍然是干亲的名义，不然是会被人耻笑的。

当然，一般人家的孩子，生日时分，自己家保锁和开锁也可以。小孩子，过满月是个大节，过百天是一个大节，然后就是每年的生日，接着最大的节日，就等到十二岁。开锁是一个宴请宾客的理由，因为当一个孩子平安活到十二岁，没有夭折，活过了十二生肖的每一个，他（她）就已经得到了命运的祝福，魂魄就不需要锁住，就可以开始走向自由的成人。开锁之后，有大小事，这个十二岁的孩子，都会被说："已经是开过锁的人了，要有人的样子。"在我陕北，十二岁之前的孩子，没有经历十二生肖的轮回，前面已经说过，魂魄不全，是和牲口等同的，还不算完整人。他们如果死了，是必须扔掉或烧掉而不能进祖坟的，他们被认为是孤鬼转的，和父母有仇，所以来父母心上宰杀一刀子，然后去进入自己的下一个轮回。所以，没有开锁就死了的孩子，人们会对主家安慰："快不要惦记那仇人了，还没有活过十二岁。"把死去的小小的儿女说成是仇人，我一直不明白原因。但如果一户人家死了未成年的子女，除此之外，还能有什么更好的安慰呢？只有恨意代替一种爱意，人们才会从失去儿女的悲伤里走得稍微快一点。生而在世，为了让人活得更顺心一点，居然有未满十二岁的夭折的儿女是父母仇人的说法，不能不说也是一种生之悲哀。那些未满十二岁的孩子，死了之后，只能魂魄漂离，很难再度转为人。所以，生而在世，人需要承担一定的责任，包括后于父母死去，不然，各种谶语在那里等着。

开锁，有着固定的程序，没有干爹干妈的人家，都是由舅舅负责锁子来完成。舅为救，孩子的生命由他再次确认而赋予；如果没有舅舅，家中的其他长辈也可以来完成，最好是老年妇女，长寿者，因为她的长寿本就是一种吉祥，就更可以让吉祥在人群间流转。在我陕北乡下，人们对上了年纪的老人，总会有较多一分的尊重，尤其过了百岁，会被叫做神仙，经他们摸过的东西，也有了神性。所以，上了岁数的老人给十二岁的小孩开锁，会被看作是非常神圣的事情。

保锁，也可以由孩子的祖父母（一般都是祖母）把用红绳拴着的两枚铜钱摆在供桌上，以示"挂上了锁子"。以后每年孩子生日，都要用红绳拴两枚铜钱挂在灶王爷爷的画像下，一直到十二岁。贫寒人家锁子是金贵的，不能时常戴着，丢了就不吉祥了，因为锁子的特殊性，所以孩子带锁子不必随身携带十二年，而是开锁仪式开始时才戴在身上。当然，富裕人家也仿效着穷人家如此，毕竟，小孩子容易丢东西。

开锁，首先是在大清早起来设供品，供品一般有水果，煮熟的肉、酒等，供桌上层摆放香炉。准备十二根红绳子，一把锁子，或十二把锁子。

开锁仪式比较繁复，有很多讲究。首先，烧香，神仙需要味道供养，所以烧香必须是第一环节；接着，开锁子孩子要给家里长辈行磕头礼；再次，开锁子的孩子钻到供桌前的八仙桌底下，八仙桌上蒙着一块大红布，桌放着装有烧饼的筐子和一把铜锁。开锁人宣布开锁子开始。前面已经说了，开锁人可以是干爹干妈，如果没有拜过干爹干妈，就是舅舅，舅舅如果也没有，应该是家中的老人，最好是比父母大一辈的，实在不行，才由父母负责。一些人家，会让来念喜的人当开锁人，给一点钱。

开锁的具体步骤是十二根红绳子上的锁开始逐次打开在此之前的锁住的十二把锁，也可以十二根红绳子共用一把铜锁，开关各一次，共十二次，每开一次锁时都要说"开监门，放监人，打发监人出了门"的口诀。坐监人开始吃一块桌上被祖辈或舅舅等长辈递过去的八仙桌上的饼子，然后那饼子传给自己的同辈，接着再传给长辈。

最后，放鞭炮以示"监门"打开，坐牢人刑满释放，开锁子的孩子要顶一块红布走出门，接着要剪下红布上的一块，给孩子缝在后背身上一段时间。

整个开锁子仪式结束后，主人家要摆席宴请来参加仪式的亲戚和朋友，开锁的小孩就可以正式上桌和大人在一起平进平出吃饭了。在此之前，十二岁的孩子，一般不上正桌吃饭。

无论是保锁和开锁，那锁都叫长命锁，都是为了锁住人在阳世的生命。锁阴保阳，是为保锁。十二根红绳，也是为了拴住人在阳世的生命，让鬼神不敢侵入。开锁时候套在人脖子上的红绳被紧紧打了结，结在人的胸前形成一朵花形，如一朵带血的胸花。玉锁、铁锁、铜锁、金银锁、鎏金锁等都可以使用，尤以铜锁和铁锁居多，因为都是寻常百姓人家，不可能有多少珍贵金属。钟鸣鼎食之家，会用祖传的金银玉石锁开锁。这些长命锁上面通常都錾有"幸福如意""长命富贵""福禄平安"等吉祥期盼，同时还绘以花纹。十二根红线，一些人家，将它们编成辫子，打结，挂锁，戴在脖子上做项链。也有这样的人家，小孩子太过金贵，从生下来就留着一小簇后脑勺的胎毛头发，从来不剪，扎以五色线，编为辫子，一直到十二岁开锁之后才能去除。这些头发和绳子，被叫做"长命缕""延年缕""五色缕"等。绳子和锁子，配在一起，也叫百索，也就是说，锁住这个人在阳世百年，希望他活到一百岁。

长命锁将一个长命的空间和短命的空间割开，制造了一种分离，在世的人类用锁固化自己的领地和生命，把一种期待的命运寄托给锁子。锁人，锁住他的山水与光阴，锁住他的世上情。

给我开锁用的那把锁是家中用了多年的铁锁，就是叫做"将军不下马"的锁子，黑锈色，却闪着光，重。锁住了钥匙才可以拔出来，不然钥匙就必须吊在锁子上。钥匙与锁子本是矛盾的两面，但是它们相互配合。钥匙既可以打开这把锁子，又同时可以锁上这把锁子，彼此不能独立完成，体现了一种妥协和团结，它们相聚在隧道尽头的黑暗处，然后交融。

这把锁子很多年都没有见到了，就如忽然就死去的祖母一样，我不得不适应一些东西和一些人的消失。东西被替代了，人看似也被替代了，一切的生与一切的死，都过成了像是给别人看的。不过，我开锁用的那把笨重和简陋的锁所体现的生命的拙朴之美，却还一直存留在那里，逼迫我随想随写去记下这一切，省得这些记忆也很快被忘掉。

人们为了让自己的孩子活下来，想着交足一切的保险。所以，长命锁还可以加另一层防护，可以让更多的人家来保小孩子平安，那就是在出生前后，家里妇女要到不同的人家乞讨一点小钱，然后买了锁给孩子戴身上，用百家钱活自己的生活，贱命，神会多一层佑护。一些面子的人家，就会拿了整钱去和来村子的乞丐换零钱，因他的钱是来自不同人家的，也有一样的效果。和钱一样，一些人家，还可以问百家人家要一些布，一块一块的旧布那种，这样，拼贴在一起做成一件衣服，就叫百衲衣。穿百衲衣，戴百家人家出的零钱的锁，一个人他就富贵了。因为，物极必反，神仙也是要他活的。在陕北，乞丐不叫乞丐，叫讨吃子，也叫念喜人，他们在农村比在城市受欢迎，因为他们身上带着祝福，人们通过给他们钱财和米谷来换得内心的清静平衡。神的意念在念喜人身上流转，我陕北人不戚戚于贫贱，自有一套对生活的解释方法，在世俗衡量里，他们认为最被鄙视的人身上透着神的热光，是可以超度他们的。开锁时候，如果能碰到念喜人来唱曲子，就会让念喜人合着自己的节律唱出开锁歌，因人们认为这样做那个开锁的孩子就一生受到祝福了。所以，一些人家，若是有小孩子开锁，甚至在前几天通过相关的人联系一个村子或者别村的念喜者，于开锁日来家唱戏的。一些人家，甚至让小孩子认念喜人为干爹或干爷爷，叫拜爷爷。祖父就与一个念喜人结拜成了兄弟，让他成了我们的拜爷爷，生日或嫁娶，他会家来呢。睡在炕头，听他讲上山下山各种故事，觉得人世悠长得很。他越来越老了，我却没有觉得自己长大了，总觉得他会每年每年来。现在想起来，他大约已经逝去多年了，若活着，也已经九十多了。那时候他就经常颤颤巍巍的，扛着一个米袋子，来我家念喜，吃饭，过一夜，一年至少有那么几次。离最后一次见他，已经过了二十年。

人世的生命，保也至多在百年左右，而开却是常态，就如死是常态一样，玩物流转在光阴里，保险都有效期，而开是无限。锁住命而锁不住运，命有大限，而运不设限，我陕北古人将保锁设置在十二岁，不能不说有大智慧。在此之后，生死有命，无论亲人还是自身，一切都愿意去承担和接受，而不再做挣扎。

陕北的火

　　当我不得不把自己活进充斥着现代性特征的城市生活里，我对我童年陕北乡村的生活碎片产生了浓烈的兴趣，那时候我们活在一整片的乡村哲学里，活在一堆神神鬼鬼之间，死生相伴，山水相依，万物生死与共，互相流转，自成一个循环。当我的生活缺乏镰刀斧头，没有了毛鬼神，也不再有庙会，吃不到领牲的肉，我忽然想到我童年经历的那种生活真的要一去不复返了，就像没有存在过一样，尤其是，当我在城市里见不到棺材，见不到纸火铺，天空里只有火葬场若有若无的气味，跟各色雾霾搅浑，我为这样的生和这样的死不安。凭着对旧有生活的一些记忆，我将我的童年所经历的一切，放进散文，翻过来又倒过去，千方百计想使它永恒起来，我想告诉别人，也是告诉将来的自己，我有过那样的生活，贫瘠制造了一种丰富，它们曾经与我相依为命，是我生命最初的光。于是，我写下这些光，也写下故乡的火，尽量拿掉里面的动荡不安，只是为物叙事。书写之后，我的一部分，就如我的祖母一样，包括我写的这些东西，会重新在那个地方休息，孤独地坐在她自己的墓地里喘息，伴着灰尘和昏光。当然，它们也可能进入博物馆，在那里真正休息，它们在一步步走入黑暗的永恒中去，与我一去不返的童年亘古厮守。而现在，我举出双手揪住这些光，揪住灰烬之前的火。

在我府谷乡下，火是要经常过节日的，就如土一样，不能动土与能动土的日子，都有清晰的表明。黄土高原是风神捏就的，是风与土的杰作，风与土是黄土高原的自然，应该先于人存在；而火，是黄土高原的人文，是风与土天与地之间的另一尊后起之神。风神与土神是高原人民对自然的信仰，火神，则是对祖先的信仰。对陕北人来说，一年的传统节日，要点起七把火祭祀他们的祖先。陕北人重视生育，也是基于这七把火的信仰——坟头上冒烟，后继有人。祭火，柴祀和炭祀，来自木与土，经由水的流转聚合，风木水土，重新回到火里相逢，重新回到对光与明的拥抱和期待中。

众所周知，陕北尚红，红属于光，光属于火，所以有红火之说。火是生命的起点，也是生命的终点，陕北人说死了，有时也会说"身上火灭了"。一个身上不再携带火的人，他就不再是一个活人。

烧火做饭、防虫防兽、辟邪驱魔、祭祖先神仙等都离不开火，从早到晚，尤其是冬天，人人离不开火。所以，陕北一年到头要至少烧起七把火，要让这种日常的熊熊之光一年年流传下去，要火不灭，光不息。

七把火有各自的名分与功用。除夕之夜一把火，在庙里，坟里，自己家的院落里。这把火一定要大，因为是天上各路神仙上任或下班的日子，所以要点燃大火表示隆重。这一天，也是祖先被请回家过年的日子，人们要表达对先行者的关怀之心。正月初一一把火，欢迎开年，红红火火的日子要红红火火过，所以要燃起一把火。正月初七是人日，小火，院落里点一堆，有柴有炭，一代代人要薪火相传。正月十五是天官诞日，天官赐福，所以要点燃大火，表示感恩。这一天，还可以从火堆上跳过，据说保吉祥平安。清明上坟祭祖，要填土或邪土，有时也下阴，为了让先行者在下界过得很好，点一把火。七月十五是鬼节，天地之间，阴气逐渐往地下去，所以要祭祀，不然家鬼野鬼乱窜，容易给人带来不安。冬至一把火，家家户户给祖先送寒衣，死生相通，鬼也会冷的，需要收钱修葺房子，买新衣服。

香、钱、柴禾、酒、米、黄裱等，一直是点燃祭祀之火的必备需求，熟肉当然也算是必备。正月初一早上，在我村，人们就忙着在红柳筐里装满祭祀品，扁担挑着去上坟，一边为柴禾和炭，一边为圣物。一些人家，抢头香，会在凌晨四五点或更早就去的，当然不可以再早，因为对神鬼那样也是不敬。部分人家，前晚就备好瓷碗（必须是瓷碗，塑料碗是有忌讳的）、香、酒以及用素油调制出的面条，一起三三两两相跟着往前平的村庙去。他们先在村庙里跪拜，然后再到自己的祖坟里跪拜。村庙庙门外和庙内，都要各烧一笼火的，每家每户一年一年轮着烧。祖坟也是要烧火堆的，一笼，人住的院子里则要烧两笼。祖坟则是每家每户自己烧。

人们到了庙里和坟里都是一样的，分别把带着的水和酒倒进碗里，那水必须是干净的，不干净不能做圣水，用随身背着的镰刀去割把干草，接着用草枝蘸着"圣水"围着庙门和坟周围洒一圈，边洒边念一些祈祷话，目的是扫除庙门和坟堆周围不干净的各种污秽。洒完圣水，人们就开始给神喝酒，用带着的勺子或草杆，向四面蘸着喷洒，请山神、水神、土地神、村神、风神、树神等各位神仙尚飨，接受上供，保佑全村每家每户老老少少牛羊生灵受到保佑，将他们的生命托付给各位神保管好，保佑他们平平安安，保佑村庄风调雨顺五谷丰登。（我很奇怪，我村子居然没有财神，怪不得从来没有出现财主，即使在特殊年代，也无绅无地主，至多就是富农身份。）一般来说，每有祭祀，神在前，鬼在后，神属于天地，鬼属于人的生前与身后，大不过天地，即使是祖先，也是曾经人，不得逾越天地的界限，所以，请神灵野鬼尚飨在前，对于自家的祖先家鬼，则是祭祀在后，也是往空中洒圣水，让他们来喝。

垒火笼点火堆一般由家中男子完成，但是女性亦是可以参加火的祭祀的，她们的存在隐性而不张扬。按传统，迎新送旧的活动都是女性为主角做的，新指新火，也可以是薪火。人们在年夜前几天，将炉子掏干净，年夜的第一天醒来，早早点新一年的火，被叫做是新火。而旧灰，属于旧火，掏炉子是要倒掉的，但会捡拾一些用过的没有烧完的炭，这些炭因为燃烧的纹路，很容易在旧迹上显出它着火的路线，循着旧迹在新火上迅速燃烧。妇女们将这些旧的炭捡起来放进洪流箩筐里，新年时用，叫接新火。年夜的火要烧到第二天正月初一的，不管是房间炉子上的火，还是院子里和坟墓里的火，最好烧到第二天太阳出来，人们会认为这户人家受着上天的祝福，年年薪火相传，坟头上不愁冒烟。当然，家中的闺女不能垒火笼，到村庙里祭祀，进祖坟上香，她们也是不被允许的。祭祀神仙与祖鬼，多半是男人的事情，即使是四五岁的小男孩，也可以跟着大人去庙里和祖坟里做事，但未婚的女性不被允诺。——这是多么可悲哀的事情。庄重严肃的事情，人类的近一半被排斥在外。这不能不说是陋习。然而习俗如此，又能有什么办法。

我家，父亲去世的那年，祖母在正月初一念叨了几次，埋怨院子里的炉子很快就熄火了，未能完整地烧尽。她不能亲自垒火笼，即使在这个村庄，她做了一个甲子年的媳妇，她仍然是被排斥在男性的荣耀之外的，尽管，她提供了自己的子宫，为这个刘姓人家，生了三个儿子，但是，儿子有的权力，做母亲的是无法分享的，她眼睁睁看着院子里的炉火熄下去，不能添柴禾，不能加木炭。同姓的二唤爹爹家，他去世的那年，也是院子里的第二堆火未能燃到早晨，甚至没有到夜半，反正第二天经过的时候灰都已经是冰冷的了。祖母也是暗里叹息过几次。那年未到秋天，二唤爹爹就去世了。

除了七把火，火的结果灰烬也是受敬畏的，也不能随意丢弃和踏撒。过年时候，要接新火送旧火。火神和其他神一样，都受着供奉，不过旧年旧的灶爷爷腊月二十三上天，正月再变为新的回来，所以他更显得重要。每天有日火，每年有年火，腊月二十三，年火日。日与年，在这去与来之间，灶马爷作为火神，也是既可以带来吉祥又可以带来灾难的。每个人家都希望将附有不行与疾病的旧火在新年来之前交给火神，而旧的那个灶马爷爷已经老了，甚至不再情形，容易引发火灾，人们需要从灶马爷爷身上分一个新火神，于是，人们烧柴禾，烧炭，人们点燃炮竹，将那些已经被污染的废气的炭禾扔到厕所边。这时候，村庄的人民就觉得安全感得到了加强。

火是光，重要，火的灰烬也重要，在我乡下，灰比火其实更神秘，更具有法力，当然，这应该再写一篇专门叙述。旧灰一般倒在厕所旁，这是它在循环往返的时候走的第二个流程，第一个，当然是烟，神需要味道，它已引领它的香魂，一路上升到九天；灰烬是魄，需要回到地里，与地来共同完成新的生。我府谷乡下，叫厕所为后炉，也叫后炉圈，土语听着很显得乡巴佬，但是写来特别形象，如同未简化的汉语有更多的形象意义一样。后炉圈和炉子相对，炉子是前炉，是供暖和做饭用的；后炉是用于积蓄人类粪便与前炉倒出的煤灰相拌为土地做肥料用的。后炉的肥料最后升为前炉所做的食物，前炉又成了后炉的前身，它们互为表里。我乡下人将厕所叫做后炉，不能不说非常形象。

人们将煤灰送到后炉圈旁，为拌粪便所用，算是送旧火。这时候，院子一角的后炉就属于不洁的地方，而前炉属于圣洁的地方，所有的洁与不洁在两者之间展开。信念的火，将送走旧的老的不洁的火神，迎接来新的干净的安全的火神。新的火神将保佑新的一年大吉大利无病无灾，将保佑全家牲畜吉祥平安。

此外，日常对火的祭祀，以烧烟为主，多是夏秋之际。我家对院聋子三爷爷活着，总是在每晚收拾院落，然后点燃甘草火。那草有芳香，带着一些枣树干和红柳等的树枝，远远闻着，都觉得要被熏晕了，却是那种好闻的甘草香的味道。三爷爷喜欢用这样的烟气来随心所欲地祭奠他心中的神鬼，所以，对我们要求严格，不让我们玩烧剩的灰，也不让我们对着这些甘草柴禾唾口水，更不允许小男孩们撒尿，向着烟火的方向都不行的。也许，他比谁都相信，火是天地的媒介，袅袅烟火往云朵里一路飞，飞，家庭就会平平安安。——于农家来说，还有什么比平平安安更能奢望呢？

火，开始是工具，后来是神器，是温暖与暴力。世间万物，在火里相聚，在灰烬里告别，无始无终。我的乡人，在我的幼年就过早地对我进行了生死观教育，在炉火里，生与死一次次重逢，没有贵贱，亦无高低，不垢不净，万物将坍塌在火里，又在灰烬里重整纲常，我喜欢这样的哲学，在我写出这些的时候，迷迷糊糊又似懂非懂。

小村坟茔

我陕北乡下人家现在仍然是土葬，只延安市有火葬厂，但那也是为专门有特别要求的人准备的。在政策没有改变之前，我陕北人仍然愿意"托体同山阿"。

我小村的人死后多埋在一个叫前平的地方，村庙也在那里。村庙在坟墓的最顶端，依次往下是各家的坟茔，就像村庄建设一样，由上而下，一户一户人家，一户一户的墓地。村庄走到坡脚下，就是叫做"大井"的山泉处，小村里都喝这里面的水；坟墓一路往下，是个大坝，村里人家在那里都有一块地，浇地就用那坝里的水。

前平是我们家庭生活和家庭成员的自然延伸，我们的祖先都在那里，凡有生育的人，死后尽都入住那里。我们在那里种玉米和葱，那里也是种瓜的好地方，因为走到村庄的高处一眼就可以望见，这样就不怕有人偷瓜。也许因为前平埋着祖先，所以那片土地种什么都收成好，无论是谷子还是黑豆，甚至即使是难种的向日葵，两三行，秋天也会果实满满，且不说绿豆土豆了。通往前平的道路，草籽都长得疯狂。风水先生说前平风水最好；阴阳法师说，前平那里乾坤最平衡，前平前平，前世太平，提前走的人都是前人，所以该埋在前平，死后一世平安，静卧山丘。也许，我该用科学思维解释，先行的人用骨肉喂养了这片土地，他们与泥土一起，重新返回村庄，哺育了自家人。

只要有前平，就不会有分离，可以说，从来没有分离，我们，生生世世在一起。我的祖母，在石碑底下；我的父亲，我的爷爷，终身都在这片泥土地下；我们吃着这块土地长起来的庄稼，与活着的亲人们交谈起他们，一次又一次，我们从来没有分开。人们春天种庄稼，清明节在坟头上填土；夏日锄地，顺便拔掉坟头的一些杂草；秋天清扫坟头，燃起一把火；冬天，在冬雪为墓地盖上白地毯的时候，人们来到坟地祭祀。生死不过一沟之隔，我们可以相互对望。死者并不是死了，我们在他们睡着的地方犁地锄草，相互谈话，从前的祖父母，从前的祖祖父母，都还在这里，不怪异也不让人觉得惊懔。从前是父女，现在仍然是父女；从前是祖孙，现在仍然是祖孙；从前是邻居，现在仍然在一个村子。

他们死掉了，被掩埋在这里，享受着逢年过节的祭奠，仍然享受着村庄的一席之地。

我的外祖父也是躺在这样的村庄，也埋在类似于前平的地方。我的被人们称作傻子的二舅舅，放着羊。他喜欢将羊赶到他父母的坟头，在三块砖垒就的墓堆上，他献上捡来的塑料假花，献上被人们扔掉的酒瓶子，献上山泉水，献上用草木编织的花冠……他一次次地到他父亲的坟头放羊。在他父亲去世几年之后，这坟头又葬下了他五十岁左右的哥哥，依然，一次又一次，他带着这些捡来的荣耀之物，献给他们，献给这些曾经和他一起生活血肉相连从大地上走来又回到大地的人。

乡村的死就是这样缓慢，像另一种生，年年在坟茔上开花结果；城市的死是匆忙急促的，以至因为匆忙显出了一种有序且规律的平静从容。这绝不是简单的对比，在村庄住过的人应该有这种深切的体会。

去秋，我新入职的第一周，一个同事的母亲去世了，是一个卧床多年的八十多岁的老人。我跟着单位的同事集体去吊唁。去之前我不止一次浮想过，这新鲜的城市的死应该和我小村的死差不多。我小村的死为这样的形式，一个大塑料布下放置着一具棺材，那里面自然已经是住了人的，水果摆放在案板上，还有一盏长明灯，是盖了罩子的蜡烛，也或者，一大盏灯泡，另外最好有一些肉食，可是因为荤腥，我们必须防着村庄的那些狗，就是为了棺材里的人，我们也必须得防备着这些四脚禽兽。尽管我知道城市的死不可能是这样，未必是这样，可是这城市的死，依然令我展开怀想。

实际，我们到达的时候，就如电视屏幕上一样，现场被打扫过了，死是被美化过的。亡人的客厅的一方桌子上，供着鲜花，老太太的照片在上面规整地摆放着。在同事的率领下，我们规规矩矩地面向这个不知道踪迹的老妇，一鞠躬，再鞠躬，三鞠躬……寒暄的话语充满了安慰，也充满了不安。我们在一帧亡者的照片旁坐下，展开礼仪性的交谈，尽管有稍稍的不适，但是得继续下去，进行完"城市文明"的章程……

城市生活就是这样，死是有序从容甚至无声的，只一点零星的波澜，至多就是一堆文字的喧哗，那样的讣告针对的却是有一个合适的社会身份的人，属于某一个组织，或某个"望众者"。城市的日常生活就是婚姻和税务，孩子读书，贷款交接，水管是否破裂……我要说些什么呢？水管既可以是生活里的水管，也可以是我们身体的水管，是体液与体液的交流和断流。此外，交通堵塞和雾霾、大雪大雨以及一些人员窜来窜去的活动，也是城市人最为关心的。

现在，大多人涌入城市，改头换面。一有闲暇，他们旅游一样也会回到村庄,甚至,一年一度,利用春节的理由,四处推销他们的"乡愁情感",推销他们"失落的乡愁",推销他们的"怀旧"。很多时候,我压下心中的惊异,尽量避免去戳破真相。因为,也许他们并不是怀念"过去的好日子",而是怀念"过去的死",一片安稳得可以找得见踪迹的墓地,那里面骨肉相连,父母儿孙相依而葬,一切都可以上十年上百年的坚守不动。在那里,没有进行室内告别的装帧画像,也没有进行火葬场告别的小礼室,亲人们不会在一场大火相聚之后一劳永逸扬长而去。土葬意味着什么呢?挖开的墓穴,大地的拥抱,满地尘土却自有去处。

城市,为了生者而处理掉死者,所以死者必须让路,必须化为一个骨灰盒或化为一缕青烟。多少年来,殡仪馆秘密一样藏在一些城市的旮旯,可是城市上空的空气里会有那味道。殡仪馆很少搬迁,然而若没有死者,没有人知道这个地方具体在哪里,没有多少人去关注陌生人的告别之旅。

也许,正因为城市的死者被流放,乡村的死者近在咫尺,所以,那么多人在文字里哭泣着怀念着自己陈腐的"乡愁",如同怀念一具陈腐的肉身。旗幡飘飘,穿着白衣戴着白帽的孝子孝孙们排队而行,村人们抬着棺柩,吹鼓手一路吹打,这样红红火火地死,这样热热闹闹地归去,才算是有情有义有始有终。这些被葬在村庄坟墓的人,离开了人们的视野,但并没有离开村庄,他们也不会再离开村庄。告别之旅浩浩荡荡,却只是,从村庄的这一片地方,搬迁到村庄的那一片地方,从一片土炕之上,回到一整片大地之中。甚至可以这样说,他们即使不是英雄,但还能长久地活在村庄后人的交谈之中,活在人们的脚底下,泥土之上,活在一种沉睡之中。

我陕北乡下人习惯安土重迁,女儿不外嫁,可是城市文明制造着疏离和游移。城市习惯了轻车简从,所以,土没有火快,火烧让城市保持了干净和体面,也节省了土地,而且,客观上,保持了与死者的距离。至于火的气味,那又算得了什么呢?比起实际地面面积,雾霾实在不算什么,即使是火葬的烟霾,人们也可以戴上口罩,装作一切被科学正确主义保护过了,一切都安全了。火葬的另一个好处,便于携带和方便抛撒,应该也可以这样说,便于抛弃。谁会留下骨灰在房子里呢?谁会逢年过节去一个公墓呢?没有多少人。城市需要鲜花,需要有形的文字悼念。城市不需要有形的墓地,反正不是那么必需。城市的死者的追忆肤浅而庸俗,秀才情谊半纸书,再加上一些鲜花,死者在实际和想象中都很远,甚至早就进入了遗忘状态,那些书写是文化记忆而不是情感记忆,比如一些挽词和悼联。

　　我时常反思这些矛盾的面相,城里快速地消灭死者,那么厌恶他们,却又毫不犹豫将他们奉上神坛,甚至对一些有名望的老人,只等着急速火化他们然后在白纸上展开追怀。这是多么可怕。在乡村,悲观让这些先行者走上神坛,掩埋掉他们,而不是当作垃圾烧掉他们。死者并不可怕,比如我的祖母,她是我今生今世的至爱,我需要一块棺木,一块地,完整地埋下她,需要她在那里,填平我心头的爱与惧,思与怨,悲与欢,需要她作为一种提醒。只有她,而且也唯有她,才是我的归途。因此,小村的坟茔是一种习惯,一种手段,亡者在身边,但亡者又走远了,告别了。

　　曾经,在一面炕上,我看着我死去的大舅大张着嘴,像是在微微喘息,我甚至还闻得见他作为人的气味,我看着他,心里想着他只是睡着了。他那么安静,好似我只要喊和叫,他就会重新坐起,首先是眼睛睁开,其次是胳膊和腿开始活动,在此之前,鼻翼会急速地抖动几次。我不只一次想过,甚至,就是现在,我也还有那种感觉,重返原地,叫他几声,他就应了,他就是我活着的大舅了。然而,七月的暑天,三天之后,打开棺材板,我居然看见了塌陷的嘴唇下面蒸腾的紫色舌头,隆隆地往空中升起。尸体已经开始腐烂,散发出异味,一切都在表明着无可挽回,一切都变了。由此,一具棺椁必须通往坟墓,对于活着的人来说,这是最好的摆脱亡者的办法,比任何怀念和追思都好。

人们经过墓地,放羊,劳动,甚至只是兴步而走,看见一片坟,就丈量了自己有限的未来,丈量了自己无限的黑暗。我们走过别人的墓地,别人也必然走过我们的坟茔。死亡只是让我们无法感知一个人的身体,无法再在触觉里摸到一个人,但是因为坟茔,死亡其实让死者仍然生活在外面中间,仍然引起我们的七情六欲。

我所读过的几所大学都建立在村庄之上,包括我现在任教的大学。我的大学有悠远的校名,算得上省内的一个知名学府。然而,我大学对面的村落,却叫茅坡村。华贵学府与坡上人家,不能不说是一种强烈的对比。我曾无数次想,也许那里以前有一个公共茅厕。这样的玄想并不算玷污,毕竟一个能让人起茅房茅草联想的地名,更接近自然和大地。但现在,那里高楼林立,种地的庄稼汉每天坐着电梯上下楼,没有了田地,也没有了牲畜。

大学改变了村庄的原型,村人的坟墓也被改变了,人们改变了埋葬方式。知识也是一种殖民,却被很多人当作理所当然。没有墓地的村庄是不完整的,生态系统的开端在,终端却被抽掉了,人心的坍塌来得那么快。有限的赔偿能补救这样的劫难吗?我问过我自己,站在我小村的坟茔前。

然而,我小村的坟茔是美满的吗?我从来没有肯定过这廉价的有缺陷的乡愁,从来都有怀无恋。我的这种暧昧的情感不是无凭无据,我曾经亲眼看见流浪汉将小村早夭的少妇开膛破肚,不只一个,张姓人家和王姓人家各有一个,我看到的是王姓人家。

一母双尸，"是个小子"，人们这样说着，有点遗憾又有点幸福。怀孕死去的女人是不洁的，她会脏了坟墓，而且死婴会在坟墓里吃着奶一天天往大长，直到成为墓虎，以血为生，既吃人又吃牲畜，但只是吸完他们身上流动的血。这样的谶语在那里等着村庄的老少，所以，一定要开膛刨肚，村子里的男人要见证这样的杀伐，才可以，在一片烟雾之中，放她进入土地，安息。

如果是女孩子，不管是多么年轻的女孩子，她都无法进入坟茔的，她的死是属于孤魂野鬼的，属于火，属于云烟。没有土地，在大地上没有子宫，没有疤痕和没有伤口。

当我每次站在前平，站在这一片坟茔之上，我就会浮想联翩，想哭又想笑，有种奇妙的温柔，但是什么事也没有发生，然而却又像是发生过了一些事。生活在继续，我脚下踩着的是死亡，这是寻常事，我也将被踩下，尽管不知道是多久之后。

我希望最好是腊月，正月也行。我祖母在腊月去世，我父亲是正月。尽管天寒地冻，有雪有风，可是掏开冻僵的泥土，就像住进一个天然冰箱，"春打六九头"，很快一路往下是春天，就会有虫子出来，有百草生，我的坟茔上也是青青草，有蝴蝶和花儿歌唱，生死像是没有间断。只这样想，也觉得是冬天最好。这对于我，并不是有什么特别意义，我不愿意像那些读了很多书的文明人，优雅规整地写一封遗书，怕打扰到别人，但是，我希望是冬天，最好是腊月。

天气寒冷，最好下了雪，我陕北到冬天一切都是灰色的，我喜欢原野的光秃秃，一切赤裸裸的，那么坦诚又真实。我是喜欢南方，喜欢雨和小桥，但我的死应该是西北式的，有雪，天是铅灰色，但不是雾霾。我喜欢灰。灰是一切的无和有，是所有事物的本质，灰不是一种偶然，灰既是因又是果，而不是一个单一的果，也不是一个只有展开没有完成的因，花朵才是偶然，灰是一种必然。在腊月，毫不期待，关于春天和爱情，一切都愿意摧残殆尽，包括我身上的一切，包括这具肉身。

风把寒气送到脖子里，黎明和黄昏都是一样的，固执不肯南去的鸟偶尔从深山里返回村庄，叫着，人们提着锹往回走，心里庆幸着，终于埋完了我。对于这不得不做的事情，对于这可能有一点经济补偿但实际对于心灵是一种折磨的倒霉事，他们会抱怨，但也会承受。

我的死会将雪地弄脏，那看似枯干为无色的土地也会重新翻新出颜色，仿佛冬天的一道开裂的伤口，新颖，甚至渗着血，这被迫敞开的大地的伤口，是最好的胸膛，我将被拥抱，彻底回家。

我不需要见证者，不需要墓碑，我只想进入土地，对于这古老的丧葬，我充满最原始的怀念，我相信一切都是土里来的，我从土里上升到天空，上升到云层里，绝不是青烟一缕。烟是属于神的，我生而为人，接着是一个死人的延续。

然而这样的奢望只能是幻想，我站在这埋着我祖父母埋着我父亲的坟茔，无论我多么不舍得，我无法在周围找到自己的位置。我的死注定是一场漂泊，我的村庄并没有赋予女儿入葬的权利。

有时候，在旷野里，在遥远的海边，我会想到溯流而上，回到一片泥沙里，回到鱼的口中，回到一片水域里，让谁带着，流浪，不停止，继续走，继续一种肉体已经停止的征程。

我们都在走往这条路，即使你现在看到的是精美的食物，温馨的灯光，也不要太过忽略了灯光之后永恒的黑暗，大地之上空闲的泥土之家。那些没有村庄的人，有时候我真是可怜他们，他们贫瘠到无法对一块墓地的前世今生展开联想，缺少一个生态系统完整的村庄。

谢　土

　　陕北老年人，八九十岁的这一茬，不大懂得"谢谢"是什么意思，也不大说，他们生活在一个现代文明词语还没有渗入的世界。但是，他们对"谢土"却很慎重。在他们眼里，天是老天爷，地是土地爷，要谢天谢地。谢土地爷的仪式，叫谢土。现在的陕北，仍然进行着这样的艺术。土生万物，所以，人的生命要靠土神时常来搭救。人吃黄土一辈子，黄土吃人只一口，所以要不断谢土，谢出一种内在现实的安稳，才可以活下去。

　　陕北乡人一般在三种情况下会谢土，一是丧葬。陕北对葬下的人，进行谢土仪式，是感谢土地爷爷和土地婆婆对亲人的接收。陕北现在还是土葬，黄天厚土待我们不薄，只有延安有火葬厂，但那也是给文明进化过的人或不正常死亡的部分人准备的，农村还是兴土葬。人死归自然，大地是个巨大的子宫，我们又返回前身。此外，修建房子完毕，陕北也要答谢土神。另外，睡在炕上，夜里经常听见院子里有不一样的响动，就表明土神没有归位，出去游玩了，院子有了邪气，也会请阴阳法师安土神，或者由家里的老人出面，在院子中间设案下跪，上香上表，安谢土神。五行中土属中央,协助四方金木水火,我乡人虽然不大识字,但口耳相传,这些民间文化倒是懂得。

《西游记》里,我们经常可以看到土地爷出来敬见各位官员,就连一只孙猴子,他也是怕的,唯唯诺诺,常当和事佬。不知道为什么,电视里看见土地爷如此卑弱,我总觉得难过,就好像自家人被欺负了。也确实,在陕北,土地神是家神,家家户户都有土地爷,和我们行走坐卧在一起。家家有香钵子,逢年过节,但凡有事,中间总插一炷香。陕北人修窑洞建房,在前些年,总会在房子正中间挖两个小土洞,南方人来旅游,总好奇这土洞做什么,会看了又看。其实这是冒犯的,因为这里敬供着的是土地神。假如不是窑洞,是木头或他材料做的房子,也会在钵子里装一些土,将此供于院落中央;再不济的人家,总也会拿玻璃瓶盛了土,插了香烛敬土神。

我陕北方言有话"土木之人"说的是人是土也是生命,无土不立;陕北还有话,"吃五谷,不生灾?"是反问,五谷由土而来,所以陕北人认为,命相里面最好一点,是土命,可自生自立。

很多学了现代文化的人,对于陕北的万物有灵论存有诋毁,总以"迷信"说事。他们将人们对土地的崇拜,认为是图腾崇拜,逢年过节,将自己舍不得吃的食物,最先敬供给土地爷,成了一种间接的"受贿"。我乡间的祖母,却指出了这样做的理由,谢土谢土,虽然说的是谢一把黄土,但土里面有百虫,人有人命,虫有虫命,一不小心伤到了一只虫或很多虫流离失所,不得保全,也算是杀生。祖母在我幼年,讲的最多的故事,是旧时陕北的尼姑和尚在半山窑或深山里生活,缺水,和我乡人一样,所以也和我们一样身上长了虱子。尼姑和尚来化缘,天晴好的时候,脱了衣服捉虱子。祖母说他们并不像我们歹毒,他们不将虱子掐死，而是用纸包或者用树叶子包着扔土里，活下来算命大，活不下来算安葬，入土为安。祖母说："虱子在菩萨眼里也是一条命。"祖母每次坐在门边用篦梳刮虱子的时候，总要讲这个故事。好心情的时候，她也将那些虱子用树叶子包了，扔土里。

城里人说到虱子，总是一脸的厌弃，觉得不卫生。有时候我想，虱子有没有生存权利？作为一种生物，按理是有的。

写到这里，想到一件事。我读书在南方，经常被南方人嘲笑陕北的茅厕，因为自知不卫生，我亦从未有辩解，心上却有不以为然处。

陕北的入厕条件，在现代中国，很多中外作家写过，似乎赛珍珠也提到过，斯诺也有吧，还有丁玲。不过他们恐怕不知道，陕北乡下的茅厕，现在亦然。两块石板一个破了一半的瓮（好瓮当然不能用，那是用来盛水和装粮食的），就可以是一个厕所，至多加三方土墙。好一点的人家，也顶多用砖块垒一垒。将瓮挖个坑埋在坑里，石板与土地持平，人要上厕所，就蹲在有瓮的坑上。而我的乡人，现在还是这样的生活条件，他们觉得这是整个生态系统的一种，当然，他们不用这样的术语，他们端着碗在院子里蹲着吃饭，说话，有想法了就到院子边的茅厕里蹲一下，回去继续吃。他们说："哎，生活在城里真是脏了良心，用那样的白瓷桶，好好的东西，可以盛东西放粮食，生生地糟蹋了。我就上不下来。"我在土地上生活了五十多年的舅舅，到我在西安租住的楼房里，也是如此，硬是无法成功。我自己有过这样的感觉吗？也许吧。太过精美的东西用着有种亵渎之感。然而，一只马桶如果算是精美，那简直是少见多怪。但谁又能说，这样的少见多怪不是一种惊心动魄？"城里人要眼净"，我乡人可能讲究一定的心净，只能如此解释。也许再过一些年，我乡人也会喜欢上白瓷马桶，忘记上茅厕用土疙瘩而不是扯卫生纸那种舒适。我不应该这样写，因为分明已经是发生了。也许再过一些年，我陕北乡人也会喜欢上人家的白瓷马桶，浑然忘记那一整个串连着口腔与肛肠轮回的生态系统。

我乡下人家种瓜奶葫芦，五六月里落雨了，才舍得将粪便与泥土搅拌，给西瓜和葫芦施肥。一般的农作物，是享受不了这样待遇的，因为它们用的是化肥。我乡人虽然认为化肥比粪在人民币上贵，可以买，但自家吃的食物，还是要自家消化系统出产的肥料，这是不能拿钱来衡量的。化肥这种化学物质，我乡人总觉得有毒，但为了粮食的产量和收成，一般都还愿意使用，但自家吃的东西，则能少用尽量少用，他们更愿意相信古老的耕作智慧。

泥土与粪便搅拌起来，再回到泥土之中，是人是大地上最早的坟墓吗？人从来没有与土地失去联系，一刻也不会。可是，我们在城里，却不得不住进深入云际的高楼，不得不去试图摘星辰。我乡人经常会说："城里人那么容易生病，不接土气。"他们到了城里，住几天高楼，觉得不胜寒，便嚷着回老家，我母亲就是如此。"还是土窝子好"，出门就是土地，对他们是一种踏踏实实的安慰，生活是踏在地上的，不踏在云上。

我早年乡间的生活给了我一种素朴的生命观，人如土如木如虫子，六道轮回在大地上不断展开，这样的生命智慧取之不尽。沈从文的《边城》里写到乡土生活，老一辈的人，总会说"够了"。我乡下一辈子没有娶亲将我当亲生女的叔叔，一直住在窑洞里，好不容易盖了一间新房子，问他有没有别的需求，他也是对我说："生在土里吃在土里，够了。"万物在土地中获得生命，又互相依凭，互为前生和今世，这需要去除时光理念去感受。有时候，在城里生活久了，我分明感觉到人与人靠得太近，与泥土靠得太远，生出很多妄念，贪欲太多。我乡间的生活，吃喝拉撒在泥土上展开，都是可见的，生在土地上，睡在土炕上，一茬庄稼一茬人，构成一整个生态系统，不断阐释着"土生万物"的道理，因此粮仓满了，牲畜和人都睡在家的屋檐下，也就心满了。

我乡人说人是土里面长出来的，先是长出头，接着长出身子，长出胳膊和腿，长出头发，长出一个人的样子。难道一切不是这样吗？所以，人们对土地的诚敬，并不仅仅是丧葬时候的谢土仪式。

人们现在不断对土地进行挖建，伏在地上仔细听，除了听见大地上前人在坟墓中受到惊动发出的声响，应该也能听见大地上被摧毁家园的虫子和其他生灵的啼哭，甚至，植物也是哭泣的，土也流着眼泪。土地以它的沉默体现着它的意志，也以它的那种自毁体现着它对杀戮的愤怒。有时候，城里人在大兴土木的时候，那些伟大的建设者，需要将头低下，深深地谛听天籁发出的声响，谛听地籁的哭泣。虽然这是听不见的，但这不是不可以感知的，因为人籁在不断地发声。

谢土分大谢和小谢，施工和埋人亦然，平时安土神也是如此，大小谢不同，大谢庄重，小谢肃穆。以上供的东西和法师到场不到场区分大小谢。大谢在完工之后进行，不是由主家自行决定，必须有风水先生来选定良辰，主人准备上好食物以及阴阳法师所需要的物品：五色土、五色纸、五色线、五谷杂粮，粮酒黄裱香烛等。阴阳法师到时直接设坛诵经，画符祈福，烧香化裱。小谢则是那些比较穷的人家，按照模式，自己选日子谢一下。有时一些人家动土动到一半，挖出太多的虫子或其他生物，会觉得犯煞，也会提前进行小谢土，如建造房子，则选择在上梁的时候，在梁间披红布，撒红枣、花生、干草等于地下，念祷词，鸣放鞭炮，请邻里亲戚来大声说一阵子话，表示庆祝。祖母总说："穷人富人在菩萨面前一样的，菩萨闻香不闻钱，听声救苦。"那些盖不起大房子挖了窑的人，也会如此庆祝的，要神听声救苦，保佑平生。

金木水火土，最后回到了中央，动工对土形成了一种侵犯，也是对地下生命的侵犯，人们通过不同的设案祷告，烧香画符，向地下的生灵传话，要它们早日搬迁，有所准备。我宁愿是这样理解的。这是一种相互的理解和宽容。也许早先的人类，我黄土高坡的乡人，见惯了生老病死和流离失所，毕竟，在这样艰难的地方生存下来是不易的，所以，他们也不忍心看蝼蚁生命之不易，才做出这样的举动。我陕北乡下食物简单，却自有一种人道。牛是很少吃的，狗肉亦然，人家别处吃乳猪乳羊，在我乡人眼里觉得简直是造孽，他们想不来居然有人吃猫。养羊养猪的人家，也有这样的乡俗，必须等到他们活过了一年，长得差不多了，才对它们进行动刀。当然，逢年过节要感谢猪羊的，过年时候，家家户户贴小对子，必有八个字——"出门通顺，人畜平安"。所以，谢天，也许是对那些遭受无妄之灾的生灵进行的提前超度，黄裱和符画加持，让它们即使受到伤害，也能早早超生。

埋人的谢土做法最讲究。建造房子动工请风水先生，埋人则请阴阳先生，风水师和阴阳师虽然可以一人，但不同事做法不同。

埋葬亡灵后，阴阳先生要"安"主家，进行谢土，所以会在各个房间包括牲畜的圈前打念一番，并在门上贴上用两张黄裱交叉而成的条符，主家则拿一些桃木或者铁器跟在阴阳先生后，四处开弓，做出防御动作；家中的已婚女性，一般是老妇，则用糜子苗秸做的笤帚边走边蘸着一碗水四处洒，同时撒一些芝麻绿豆谷子等杂粮，边撒边跟着法师念：天圆地方，勒令九洲，撒天天清，撒地地灵，撒人人长寿。一撒金，二撒银，三撒摇钱树，四撒聚宝盆，五撒五子登科，六撒六六大顺……

大谢土时，一般都是选择在夜半，因为和神官跳神一样，神官说的是天庭机密，阴阳风水师说的是地庭机密，不应该在大白天明目张胆。陕北人习惯盘腿坐于土炕上，这也是演陕北人电视剧时候的一景，很少有人知道，这是学习菩萨的坐姿。晚饭毕，法师盘腿坐在炕中央，他身前放一桌子，上面有黄裱制做的吊子、签和诸神牌位等，土地神的神龛也在其中，随后开始念土经。法师可以根据主家姓名和情况更改一下句子的，但大体意思不变，多是叠字"天灵灵，地灵灵……"，中间穿插一些吉祥语："土恩深似海，地德厚如山，万物土中生，四季保平安，极乐土地。土公土母共一堂，土子土孙降吉祥，土家共有七十二，太岁收留回本宫。"完毕，则是"谢土神，安土神，土神早日回家门，保此家族享太平……"法师双眼紧闭，一边念口诀一边摇铜铃，主家则跪在地下，等待法师的指令，法师让奠酒就奠酒，让烧黄裱就烧黄裱。做完这些事情，则到院子中挖一小坑，将事先准备好的盛有五谷杂粮以及牲畜肉的陶罐埋下去，也或者一个碗，以红布蒙口，就是那种正红的红布，而不是玫红或桃红，必须是那种可以煞住邪气的正红。据说这样做，才可以镇家宅。一些人家，还要在门口悬挂蒙着红布的筛罗，和叫魂一样，不过这筛罗不是如叫魂仪式那样当日拿回去，需要放好几天的光景，尽量久一些，因为神鬼见了筛罗和红布，算是得到告知，不会来侵犯。

对于那种在炕上睡着听见了邪气响动这类情况，阴阳法师一般都是用黄裱写符咒来烧掉以镇邪的，有时也烧对联，上书：东岳泰山灵符能压寅卯辰甲乙震宫土神；南岳衡山灵符能压乙午未丙丁离宫土神。一般多是这样。我小时候常常见，以至学校要求写对联，就一字不漏将这个抄了上去。对于泰山和衡山，最早知道它们，也是从阴阳法师口中，后来则从人家墙上的字画认出，再后来，才渺渺看到真身。有时，主家会按照风水先生安排的，将画满字符的黄裱贴于房间好多处，在院中高台设案，上面放一只插满五色旗的碗，用米盛着，而大门外，则用炉灰画圈。这样做法，也是向邪灵发出警告，对于活着的人，则是一种无声的话语，表示此家需要安静，暂时一段时间不要打扰。

陕北民谚有话：人吃黄土常常在，黄土吃人一嘴影无踪。每次想起这句话，感觉黄土就像一个调皮的小孩，而不是一个土地公公或婆婆。在我的生命里，黄土吃掉了我的爷爷，吃掉了我的父亲，吃掉了我最爱的祖母，我知道黄土也还会吃掉我。在黄土吃掉我之前，我还是决定把头低下，对黄土感恩和学习，我需要这样的尘埃艺术，喂养我在大地上的生命。我希望每一个吃着地粮的人，也懂得把头低下，学习黄土的艺术。

黑白：永恒的沙漠之渴

最是冬天，能显示这片土地的特色。有些人说这块土地是从西伯利亚吹来的，过很多很多年，还会被吹走，人们含着笑怀着恐惧，说着，好像已经看见子子孙孙被吹起在风里的样子。

冬天刮着的风让人相信这是真的，这个昏暗的世界，在冬天，一切都在北风里颤抖，黑白分明。人们喜欢欣赏这块土地的黑白布景，喜欢在画布上或摄影作品里欣赏它的冬天，尤其是黄昏日暮，光秃秃的树，失序的风，斑驳的光下大地上伤口一样睁着眼的窑洞……我只在这片地方看到过这种质地，这种疤痕。人们急匆匆在冬天的路上走着，没有什么能扯住他们的脚步，没有草，没有灌木。

我在这里生活了二十年，一种冬日长夜的同甘共苦感早就渗入我的骨髓。冬天，我们的生活，我们的屋子，我们的云朵和黄土，都笼罩在一种赤裸之中，仿佛世间一切的繁华，只要躺在这里，就只是一场书本的传奇。我渴望这里苍黄夜幕的降临，渴望不分浓淡的黑。

我们的街道，属于我们的每一件东西罩在一大片黑暗中，仿佛我们一旦平平安安回到家，待在卧室里，躺在床上，便能回去做我们失落的繁华梦。"可耻"的贫困，露天的厕所，蠕动的虫子，简陋贫瘠的窑洞，蛮婆蛮汉……外地人用他们的眼光定性着陕北。他们用沙化的文字和摄影捕捉我们的村落和窑洞，树头空茫，人的眼神也空茫，好像这一块土地从来如此，一直不变。

我在不同的文字和摄影作品里与我童年生活的这块地方相遇，简陋得如一个冻疮的窑洞，我们这些脸上充满太阳红的穴居动物，缓慢地走，或站着。本地画家郭庆丰和本地摄影家李樯常年来在这块地方进行绘画和拍摄，他们一致的特色，黑白。一种地缘的共同基因赋予他们的性格特征——甘苦与共，将这种黑白幕布披盖在这片风吹来的黄土高坡上。黑白如诗，不镀色是一种艺术，外地人看不见这些可耻的贫困，他们会觉得黑白是一种浪漫的忧郁。郭庆丰善于从当地的民间故事里取材，他热衷于制造会飞的异人，石头墩子形象的毛野人，他怪诞地坚信这些本地传说中的人还生活在这片土地，在敏感对照的画面里，已然降临和即将降临的这些世外人，对他来说是一种亲切的存在。

在童年时代，我跟他一样，喜欢听毛野人的故事，想象用黄裱或白纸剪出的异人，有他们的灵魂和思想，会给生活在黄土高原的人做事。那时候，神奇的放影人，开着旧面包车，来给村子里放录像，一个村庄又一个村庄，小孩子们觉得，他们就是传说里的异人。打开神奇的盒子，拉好一堆堆神仙，院子的大黑屏幕上就会出现不同的男女，出现海滩，海浪的声音。小村的风刮着，我们在盘算着下一场电影到哪里去看，要不要跟到邻村去。有时候，黑白荧幕上的波浪声会令我们惆怅，操着与我们不同方言的人，他们在山的那一边的世界，《山的那一边》的课文，在我们这里上演着。

十一二岁，还是好做梦的年龄，我想象坡那一边的世界，穿越完整个黄土高坡，一望无际的平滩，都是平原，上面想怎么种庄稼就怎么种庄稼。当然，有时，我们有时也可以在画册里看到我们的窑洞，窑洞门边的土狗，穿着厚厚的手工做的棉袄的孩子，还有，山崖边灿烂的一株杏花树。——只有在画册里，我们才可以看到杏花可以开得那么热烈，暗暗不语却分明已经是惊心动魄。当时有一档电视节目播放着黄土高坡。农人们牵着牛拉着犁，在不同的坡上走着，玉米和葵花在地里摇曳，卵石路上起着灰尘，人们扛着柳梢叶子在走……

2000年以前，陕北高原窑洞多于房子，至少我村落里如此。几乎家家户户还有窑洞，老年人还迷恋着窑洞炕头的毛毡慰藉他们日渐衰朽的肚皮，木门斑驳，院落里的锄头斧头镰刀等却泛着银光。由于贫困，村子里都是柴门人家，至多上一点漆，而漆桶会被更贫穷的人家拿去做水桶。现在，窑洞里的老一辈人去世了，当然，有一些还活着，但由于贫困和年老无人照料，那些房子在坍陷，老人在等待着死亡。抚养我长大的叔叔前日打电话来，说想在旧村修一间六十平米的房子，我问他旧村人多还是新农村人多，他说旧村全是老老人，新村是小老人，加起来也没有二百人。不过，我了解叔叔在旧村建房的情结，他已经是六十多岁的人，新农村他还没有真正生活过。他想赋予我们那座废弃几年的院子以新的尘土和潮气，毕竟，在这里，他草木一样地生长了六十多个年头了。旧村是黄色的，土黄色，一种大地的颜色，自然色。新村属白色，火车从黄土高原一路蜿蜒，你可以经常见到这样的颜色，是属于千禧年之后的颜色，是一种人工制造的白瓷砖色，人自作主张赋予的颜色，一种模拟城市的颜色，这样的颜色已经十分普遍。当然，还有那种廉价的彩钢房，也赫然在我黄土高原的村落上到处搭建着，一种刺目的蓝绿色，模仿了天空却缺乏天空的善意。在贫穷得不识得水泥彩钢的年代，我村庄的人们喜欢用自然的泥土来给自己建筑土穴，而现在，即使是坟墓，也有一些人家，水泥将木头房子围拢起来，然后，加盖华盖。这不得不说是吓人的。多年之后，人们挖出一具保存完好的木乃伊，甚至没有经过特殊的防腐加工。

不过，我陕北仍然黑白幕布笼着，去过的人觉得心悸。夏天干旱太过，随时可能起野火，倒是虫子肆意横行，因为多是木头和泥土组成的建筑，人们在自己的洞穴里，一次次踩死各色的虫子；冬天里一场风，不间断刮着，在漫长的寒流期间，只有雪而没有雨，虫子们躲起来，屋子被烧得红彤彤的，原野却千里赤贫，树木和房子以及人群，都是写意的山水画，不必加任何描摹。树头赤裸裸，山脊赤裸裸，夏日的绿草已经干透了，赤裸裸，一切都在等待一种拥抱，这样的黑白布景令人着迷。没有颜色，突然的红和绿，都是人加的，不是自然。在这里，冬天的自然要回到出发的地方，你会感觉压抑和恐惧，漫长的寒冷期，下大雪，你也许会欣喜一种遍野千里一览无余，黄沙万里长。黄土高坡的这种空寂荒芜的忧伤，在文学艺术里，未尝不是一种喜悦，它袒露赤诚，仅仅因为无可遮挡之物，造就了一种素朴的品质，你不得不相信它，相信这种忧伤的喜悦，这种直见天地的真诚。

被雪覆盖的村庄，一个又一个。冬天里会下几场雪。下雪了就快放假了，或者已经放假了。下雪了地里就已经没有作物了，下雪了地窖就覆盖起来了，下雪了人就在房子里，下雪了就一切贫穷被掩盖了，赤裸也显得有一种美意，景色有种甜美的凶险之气。总会下雪的，不下雪的陕北是不正常的。年前后，总可以等来一场雪。新雪压在旧雪上，压到开春时节，山的阴影部分，不容易被太阳照到的地方，还有那么一块白手帕。人们喜欢下雪，却又觉得措手不及。下雪了就可以杀猪了，紧急着就快过年了，扫积雪过年，是几乎每年都要进行的事情。下雪了，大巴上就要上防滑链，道路有可能封堵，人们并不急于出门，也不急着买什么，一切都好像是关门了。然而村庄里，雪让人们更团结，夏日里绿草覆盖道路，没有人急于把他们修出来，雪却不一样，家家户户都要扫出一条打通的道路，彼此连接，仿佛一根线与另一根线拴起来，不要断掉。——人们需要这种患难与共，村庄与村庄，也需要这种连通。白雪笼罩着陕北，会让我想到远古，没有辉煌的过去，人神不远，人就那么不管不顾地活着，却又似乎壮怀激烈，一种愚昧的激情。人们会在冬天兴高采烈地谈论雪，谈论雨，人们会对比这自然的精灵，这时候，天叫老天爷，地叫土地爷。

观看陕北的黑白摄影黑白素描，透过自然的眼光观看它，你甚至感觉到一种古意的亲切，最简陋的建筑是最伟大的，它不会含有太多辉煌的忧伤。人们在一种一样的焦苦里，忍受一样的旧式贫困，认命且不抱怨，更不远离，这种土木一样活着的态度滋养了陕北人的内部灵魂。

如果想看黑白影象的农村，看笼罩它乡土的炊烟，以及在烟气之下呼吸着的拥抱生活的穴居族群，人们就从富裕的地方飞到这一片黄土坡，直奔这里的窑洞。台湾年轻女艺术家廖哲林就是其中的一位，在她的《信天而游：台湾女孩在陕北下乡写生的日子》这方面得到了很好的展示，而更为早一点，则是北京知青在梁家河的下乡活动，如果再久一点，则可以推到上世纪三四十年代，这块土地第一次真正进入人们的视野。在他们的笔下，这块土地沉重而忧伤，却自带质朴的品质。在这里，质朴仿佛是一种笨拙，甚至愚昧。这黑白装扮的黄土高坡，以一种哀悼的方式存在着。一些西方作家和中国作家,用一种稳定的黑白色彩方式,表达着这个地方"忧伤的贫困",近乎一种赤裸,就如这里的冬天一样,于工笔的老实素描里,谦逊地展示了出来。

　　每个路过黄土高坡的旅人都会提及,这里的窑洞以及戏剧性很强的民歌,还有,色彩。没有适当的词,他们用黑白素描方式,灰白与玄褐之间,给它"加冕"。因为杂志和教科书向来需要一些旧日影像来对今日的"幸福生活"忆苦思甜,所以,这片土地就成了一处展览园。人们从它眼前经过,知道它要变的,是会被淘汰的,人们透过镜头观看这里的生活,就如观看一幅没有着色的图画一样,凝视一片现在仍然处于黑白二色的土地,人们的伤感会觉得安全些。

　　如果来此观看的游客深谙黑白的简朴,就会懂得这块土地的捉摸不定,就会对这里的皱纹和沟壑了解一二,不再简单地进行"贫困"的评价。但是,很少有人了解这块土地的浪漫,他们固守贫瘠的目光就如固守贫瘠的思想。我穴居窑洞里的同类,早就明白了永恒的饥渴,来自黑白边界的呐喊,一种生与死的绝对。

小村木匠

在我陕北村庄，除过培养黄土地上种庄稼的好把式外，人们培养孩子，主要往两方面发展，一方面是手艺人，一方面是读书人。手艺人比读书人吃香，我黄土坡上人家，现在还传着一句话："四眼先生贼。"读书人多戴眼镜，比正常人多一双眼，所以我乡下人称读书人为"四眼先生"。人们对读书人并没有多少好感。写这篇文字之前，打电话给我母亲，了解了一下家史，在她的口中，说到她祖辈的一支，认为读书人奸诈。我母亲的外婆家，主要就出这两类人。我母亲的外婆的父系一族，出匠人，所有民间匠人的技艺，他家都学，他家的匠人无所不包：补锅打铁的、画棺材墙围柜子的、木工石工泥工漆工、箴匠毡匠箍匠……这一系属于民间，不起兵不造反不做官，他们看不起读书人。我母亲外婆的母系一族，属于读书人，迄今，他们虽然死的死，逃难的逃难，整个族无人在村落居住了，但是那些建在石头上的建筑，却成了人们研究的对象。这支读书人出过有名的才子，在清代也是受俸禄的，亦有国民党共产党。在我陕北乡下，人们觉得仗义每多屠狗辈，负心多是读书人，因此读书人实际并不大喜欢，但也算是又惧又怕吧。我祖母活着时，往往不喜欢烧报纸，亦不喜欢我的名字出现在报刊杂志上，她总觉得成名不好，人人知道，而千万人的口，藏着千万人的毒。我们这一家，也是有派系的，有支持读书的，也有觉得读书多负义的。我在这种环境下，对读书也多是抱着一种功利主义，养家糊口，但骨子里，还是向往以双手谋事，实实在在大地上刨土生活。所以，小时候我对匠人特别有感情，主要是木匠，因为木花好看，木头好闻，木画亦是神仙天上，鬼府地下，三界之间全可相通。

小时候村子里有木匠，我爷爷和父亲死了，他们来院子里赶制棺材，就分外羡慕，想以后跟着可以学个手艺。可惜我是女的，一般这些活都是男人做。我如果要学，就只能学做给死人献的纸火和学织羊毛毯或裁缝。学羊毛毯必须到内蒙去，那里羊毛多；学做裁缝，还得买裁缝机，这在我们家是不可能的。于是我最有可能学做的，就是纸火，我也留意过很长一段时间。放学时分，经常得经过一户人家，他们家做纸火，有斗库（死人住的房子），有仙鹤，有大枣红马……我看了真觉得羡慕，想着不读书了，就去做纸火，或者嫁给做纸火的人家。这家纸火铺实际也是我母亲外婆家手艺人的分支，我母亲的老舅舅将手艺传给了女婿，结果人家传承了下来。如果世道不改变，也许，我这手艺人家的后代子孙，虽然算远了，也还可以学一门吧。然而如果世道不改变，外婆那样的好人家，不会嫁给外公，也就不会有我母亲，自然更不会有我。天道好轮回，人生处处是偶然。

村子里王姓人家有木工，我刘姓人家也有一个木工，但刘姓人家的木工后来举家搬到口外了。王姓人家木工叫宝清，他不太说话，到人家家里做木工，非常勤快，做完即走，也不吃饭。在商品不太发达的那些年代，村庄里的棺材，几乎都是他制作的。

我父亲的棺材，爷爷的棺材，也都出自他手；家里的柜子，三十年前到现在，也都是他做的，他涂的油漆。三十年前那时候他还是个小伙子，我还没有出生，我出生用的是他做的木头柜子，现在他已经子孙成行，但也就是五六十岁。

宝清叔话很少，像所有那些走艺人一样，他很好地掌控着自己的情绪，以显示匠人的风度，尤其是当他制作棺材的时候，不管是丧棺还是喜棺，他都不轻言笑语，毕竟棺材是要装人的。也许见过了死亡，他懂得这种最终的悲泣。

宝清叔的活和其他村庄艺人的活一样。乡间吹鼓手，一年到头，只要有红白喜事，他们就会急匆匆来去；村子里的泥瓦匠，也是只要有人家需要，马上跑去。这些手艺人，总是在自己的和周围三五十里内的村庄来来去去。宝清叔是木匠，就和盖房子的匠人不一样，盖房子的匠人多负责喜事，给活人盖房子；宝清叔负责红白事，给死人也盖木头房子。当然，白事也有喜丧，为活着的人做棺材，也叫喜棺，但毕竟和纯然的结婚之喜不同。宝清叔总是来去匆匆，即使不太忙的一些日子，他也是伐木为材，准备着做下一些柜子以备不时之需。因此，他身上总有一种浓郁的木花味，一种干掉了的木头的气息，但却有湿润的感觉。

我们家的柜子就是他做的，衣柜、床头柜和吃饭用的柜子，还有那种混着用不分具体功用的柜子，这些我都没有记住。我记住了他做棺材，记住了他总是前前后后地看，记住了他刨木花，拉大锯，好玩的木花就像天上洒下来一样，一片一片，还有那些碎碎的木头屑，也是让人惊奇的。此刻想起来，觉得世间所有的真花，都不像他的木花那样开得快，开得好看，开得悲伤。他站在棺材前，打开，又合上棺材板。我看到他手指绷紧沾了墨汁的黑线，打在光滑的剥了皮的木头上，将不同质地的木头锯成一块块薄板，削刨、凿眼，然后用一个大的铁柱子打下去，开榫，做成挡板或盖子。就那样安静地做着。他的凿子、锯子、大锛、刨子、角尺以及墨斗，都让我觉得好奇，觉得有说不出的神性，觉得他肯定在一些方面，和神交流过了，分享了某种神意。

做木工，我最喜欢的是刨木花和上漆这两部分。上漆是一道重要的工序，主家会考量木匠的认真态度，如果漆涂抹得不均匀，会被认为不慎重，尤其对棺材着色。所以上漆时，工匠很认真。宝清叔给他所打制的这些木头家具涂漆，他把泥子粉和好，然后抹到这些家具上面，也一一抹到棺材上面。他在棺材上抹漆，左一笔，右一笔，上上下下都涂抹出来，于是棺材就让人觉得森森，惨烈的死也像是涂上了一层温润的恐怖，一派像要过节的喜气。八仙过海与寿比南山，于色彩里制造着人世的笙歌，历历都是风景，笔笔都是风情，活着的人也恨不得立即去睡了那色彩斑斓的棺材。我不只一次想过，那用漆涂抹过的木头小匣子，躺下去，刚刚好，人世一切就静了，就平了。

在旧些年，全村几乎所有木器大都是他做出来的。他用他的手装点着他的村庄，安静沉默。比起他那个总是张着大嘴到处打打闹闹的媳妇，他的安静倒像是一种对死亡的补充。人们需要这样的木匠。

他将那些刨下木花和一些碎木头晾干，等着人们去要。在冬天，那些木花是最好的引燃之物，关键是，好看。这一层谁也没有说，烧成灰的东西谁也不会去说美丽。在我的小村，美是忌讳的，首先是生存。但是，很多人家的婆姨会去问他要木花，顺便让他将那些废弃的木头，做成一个小凳子或小桌子。过年了，人们端着粗瓷碗，会给他家送去一些做熟的猪肉，也或者醉下的海棠红枣，会蹲在他烧着木头碎花的炉火旁，围城一个圈，与他的婆姨说话，借此表示内心的感激。

　　他会给一些请求他做枪的孩子做木头枪，做木头剑，甚至，帮他们涂上珍贵的漆，当然，这得遇到他的好心情。孩子们对他充满敬畏，孩子们看见他不会随意地打闹，孩子们喜欢他身上的木头味道，孩子们有时会偷偷地去找他。他会给他们需要的"武器"，那是可以炫耀的童年。

　　如今的村庄，只剩下老人和孩子，在旧村，更是如此。杂草丛生，窑洞在不断地倒塌，随处，丛生的野草制造出一种隔绝和寂寥，制造出一种落寞和萧瑟，但是那好闻的刨木花味道还在。这些年，很多事情发生了，世界发生了很大的变化，很多人离开了村庄，很多古老的民艺眼看着失传。但是，他还在那里，从十几岁到了五十几岁，接着将到六十几岁。村庄里死去的老人，要么早早订制了他做的棺木，要么匆匆被街市买来的棺木装进去。然而，他对他们有着最后的打算，他给他们在心里计算着归程。

　　有他在，小村的老人是放心的。他家的院子，直接对着我村庄的那一片坟茔，从上到下，都是坟墓。那些棺木，大多经过他的丈量，有着他的体温。他应该也一次次想过，自己也终究会睡到那里去。

　　在旧村，从来，这么多年一直都是这样，一直弥漫着刨木花的味道。总是在大早上，你就可以听到"哧哧哧"的拉锯声，他一直用着最传统的那种工具，认真地对待着手中的木头，专注，像一个僧人。他的那种做棺材的样子，现在还在我的脑海中。

　　现在，他依旧忙活在我的旧村，所有人家都在新农村盖了房子搬了进去，就只有他，还在旧村的大院子里，一件件制作着小村的木头柜子，小村老人的"木头房子"。他伐过太多的树，村庄的树都经过他的手，即使没有经过他的手，也必然经过他目光的凝视。总有一天，他自己也会被时间伐倒，锋利的时间锯齿咬合他的头颅。

我在异乡，不止一次想起他，我觉得他是我村庄的入殓师。他好像一直在不断打造这个村庄，同时，为这个村庄的一些人，一次次合上棺木。他令人恐惧，又令人尊敬。人家新婚的床是他打制的，新婚的柜子是他打制的，人家"新死"的棺木房子，也是他打制的。他给了人，也给了木一种安栖。他将在一块又一块木头之间过度自己的光阴，最后，也会将自己送进一间有限的木头房子里，那样的命运等着他。他怀有恐惧，却安安静静，而在此之前，他一定会继续守护着村庄，守护着村庄的生，尤其，守护村庄的死。他把所有的光阴，都送给了这个村庄，从来没有离开。

想起这些，想起这个在小村里将度过一生的木匠，我竟有微微的感动和羡慕。世界之大，在他，不过一个村庄，他拥有那个村庄的完整的生与死，安与悲，思与恋。他活得比外出的人心安，至少看起来是这样，因为他通晓死亡的所有秘密。他一定比我过早地想过，打开棺木，住进去，当人世的烦忧席卷的时候。感谢上天，他现在还没有住进空间有限的木头房子里，没有住进村庙庇护下的那个长坡，村庄还有最后一个木工，一个自然的守墓人。

村庄庙宇

　　此刻，我面对着一帧照片。河流、窑洞、小庙、树林、羊群和牧羊人以及洞穴、沟壑，是我陕北童年生活的主要景观，不过，关于陕北，我想到最多的是黄土，从高处往下看，就是这样的感觉，一片黄土上摇摇地挂着一面旗帜——太阳或月亮。在图片上看，如果在南方生活久了，就觉得不是真的大地，而是一幅艺术家不够尽心的素描，一座残破的庙在画里竖着，作为民间的信仰，艺术家赋予它极为暧昧的意义。

　　由于时代变迁，近些年，新型建筑的兴起让传统的田园里无处不在的简陋寺庙发生了很大变化，就像一种城市对农村的殖民。塑料进入了寺庙，神仙变成了塑料神，不再是古拙的泥身、石身，变得具体而微弱，它们的身子前有了永远不败的塑料假花，还有用来点放香火的大烛台，神庙和庄稼不再有贫乏年代那种同声共气的相应，而是，远远割裂开来。甚至，人们给庙门也上了锁，将神囚禁起来，用栏杆和重门绑起来。精致的现代工业的铁锁，使田园不再纯粹，布上了一层灰暗的甚至可以说是惊怵的情感。一些庙宇边，就是陕北乡下的庙宇，居然立着菩萨的裸身，皮相极其柔滑，没有触摸也可以感觉到，这裸身的模特的石膏泥塑，不管是锁骨菩萨还是度母菩萨，明显透露着一种色情，带着欲拒还迎的表情，立在庙门口，等着接客？然而无论我带有多少指责和失望的情绪，我不得不承认，这种色情间接上吸引了我。天地万物遵循着一种奇特的神秘联系法则，在最庄严的东西之上，我看见了无法抵制的人性诱惑，但同时也不断受着自身的审判，企图给自己的不雅思绪找到合适借口。

在陕北，人造风景不断涌起。人们在不断修建庙宇，将自己装进一种神秘的自我保护仪式里。依靠不断地创造新塔和新庙营造一种文化的气势，但这样的异想天开注定要崩溃，却让那些旧日的废墟显得更有意义。当地方财力无法在支持庙宇的光鲜维护时，野草在生长，新的废墟在成形，短短几年时间，这些建筑就表现出了它们那种华而不实。一间又一间重门深锁的庙塔，在沉默里体现一种虚空的意志。尽管如此，不远处的岩石和沙地以及近处的干枯的小草野树，还有乌鸦耗子，倒让这里呈现出一种艺术的祥和肃穆。

一开始，那些地方官员，尤其"村官们"，也是想把自己放进这现世的风景里的，在我村的村庙里，于旧址上重建的庙宇里，立碑记事，将他们取之于民众用之于庙宇的事迹大肆书写。我不知道，那些为生活苟且在最低生活水平线上的牧羊人，有没有一边拿着羊铲站在庙门前，一边念出这些"功德人"的名字；倒是一些羊群，一次次绕过石碑，跳着追跑，吃着台阶上长出来的青草。这些土地的子民，和人一样，也许是造物主的化身，它们将变为骨头，融入大地，最终，一年又一年，将生命还给青青草地，万物从来不荒废自己。

总是在这样的庙宇旁看见一些穿着极其简单的人，手里拿根棍子，当拐杖也当打狗棒，小心翼翼呼吸着，走上山坡，又走下山坡。如果你仔细看，你会发现他们就像庙宇一样，往上或往下坡走的时候，也成了一座废弃的书脊形建筑，渐渐弯下腰，与土地合拢，失去了作为人的模样。这壮观的蛮荒让我恐怖，但这恐怖又已经习以为常，否则我的乡人会觉得我丑人多作怪，就像我第一次在书本上读到对牧羊人的颂歌，我感到的岂止是震惊，因为我体验过那样极其原始的生活方式，那种粗鄙，然而这一切被文学化之后，又显出它诱人的原始随性。"浪漫主义生于愉悦的恐怖（这是一种矛盾修辞），养于灾难之中。"我在《风景与记忆》一书看到这句话兴奋了半天，就如我看到书本上的牧羊诗一样，这种书本的浪漫与真实的现实相互追逐，暴露出现实与艺术之间巨大的裂缝。

2017年8月，借着文化考察的名义，我访问了陕北的很多庙宇。当然，最后的落脚点，是保管着我出生册的那间村庄小庙，一个人前往。没有别人，我指的是那些和我一起"下乡"的参观者，他们热衷于去追随在地图上或其他文献上有所标注的"著名景点"，而我村庄的庙宇只负责我一村的生灵，没有任何盛名。当然，我亦并不觉得遗憾。拜谒黄帝陵和拜谒自家陵墓是不同的，拜谒古寺名刹与拜访我破落的村庙亦然。乡与村无论如何出名，但对于真正拥有它们的人来说，只是一处心灵上的福祉，任何文化考察都有亵渎之嫌。

此次考察，最让我感兴趣的，是一个雕塑神像的人。他雕塑儒佛道几大家的塑像，应该也雕塑耶稣，但因为经常雕塑的是菩萨和金刚，受着和尚的感染，他也成了一个随时诵经的人，对我们说："日日是好日"。说到自己的婚姻，也并不觉得不幸，只说多年落单，儿女成家之后，吃住就在庙里，白日塑菩萨，夜晚拜菩萨，只觉得日日安宁。看他面相，五大三粗，身宽体胖，属于陕北胖人那种长相，虎背熊腰，个子又高，按理应该是个可以做出凶相的人，然而，也许是日日亲近菩萨，知道万善归一，他的眼神里有种笨重质朴的温柔憨态。他每日创造"神"，是不是也在塑造中模仿"神"的表情？当我们有人能够创造神，而通过这创造我们的所有力量又能进入那形象，那强大的力量也就会充满我们？他的神塑像比人高大，向着神性的太阳攀升，已成的金碧辉煌，未成的正在等待敷上金粉，反正不会是空的形象。可是，这个塑神像的人，却如同我们那些创造神话的祖先一样，并没有分享到神性，他拜倒在他的双手之下，在我们面前向他塑出的神上香下跪。他用模子一个一个捏出如来的花卷头饰，却在事成之后，不敢去摸一摸。大约，在塑造的过程中，那种虔敬之感就早已抵达了他。

我们曾经反对这些地方宗教，把它们赶出庙宇，可是它们所带来的部分安宁却留在了我们里面，征服了我的乡人。在我村庄的庙宇里，五位不同颜色的龙王朝我而坐，在他们的右面墙上，两道钉子钉着一块红布，红布上从右往左写着："有求必应，报答神恩，保佑弟子，全家平安。"左边小字写着："敬献五方行雨龙王满庙灵神"。右下角亦小字："俗家弟子刘小宁全家叩首公元2017年3月还愿"。可以看得出，这是大爹家儿子小宁哥为求得大爹的健康平安进行的许愿还愿。村庄庙宇，是过渡，也是道路，架在病态与康复的两端，一边是生册一边是死薄。这种古老的渴望和恐惧，随时都在体现，从不可触摸的完满里预见将来的一切，荒谬却又真实。人人都是土地之子，却有寺庙在大地上凸起，肉身成为尘埃的一部分，灵魂却追求白云。

上世纪六七十年代，大爹当时还很年轻，不是村支书就是队长，在村子里当了几十年。"文革"期间，他给供碾子供磨盘的三爷爷戴了纸糊的大高帽——"打倒牛鬼蛇神",想不到在他的晚年,为着身体的健康,又回到童年上香磕头的路上,虔心敬供他自己曾经怀疑过的神灵。记得十多年前,三爷爷家的子孙为着子女顺吉,还想到祖坟里栽桑栽柳,扎几块大石柱下去,施法镇鬼,苗子已经种进去了,当时已经花甲之年的大爹还非常有力气,硬是去老坟将这些东西统统挖出来扔在了野石崖。没有想到,到了老年,大爹沿着曾经反对的道路回到了源头。年轻时代的大爹,活在自己塑造的时代;而现在,他活进了祖先塑造的时代。世事总是这样,如常轮回。

在村庄大庙的下面,埋着村庄的先行者,而对面,不同颜色的花圈围就的一个城堡,显示出一个人殁下的迹象。村子里的小辈们都不认识他,老一辈在地里锄草的人对我说:"那时候你还没有出生,这个人就到口外去了,到现在已经三十多年了。"离开村庄几十年的人,在死后,又回到了他弃置多年的村庄,回村庙来报到。他是否在多年之前想过有这一天呢?一种遵照诫命的生活,也许,在老年的意识里,追随着这块土地上的每个人。时代有他的先知,我们需要这些神灵。我不知道如何看待这种矛盾,一种普通的生活,在我站着的地方早就开始。也许,我如此瞻前顾后,不断回到这片土地,也是因为这庙宇的召唤,白云与尘埃的呐喊。

村庄的每个人,都会到这里来,寻求一份安宁。我,这个离开一年又一年的人,也仿佛一年一度,来这里求一次安吉。而这座庙宇,也就成了一角象征。每个人的心上都有这么一处安静之所,那里的一切不证自明,得到抚慰,可以解释。这是一个让人不断从各种可能性里退出来的地方,甚至退出自己。在这小小的庙宇面前,人会发现自己不过是,别的人也"不过是……"。即使最破败不堪的庙宇，也能形成这样的认识："不过是……"。在这里，一切墙壁塌陷、破开，我们想到生也想到死，神充满各色的形体，它成了无限的可能。

这座庙宇里，有死者也有生者，仿佛是个无限。有我过去生活的图像，也有我未来生活的图像，仿佛就在四面空白的墙上，写着这一切。众多的灵魂，世世代代，在这里，却又并不让人觉得拥挤。死去的人是安静的，他们不再呻吟不再叹息。我站着，静静地，仿佛可以听见另一个世界的世界，仿佛就这样站着，就可以看见抚养我长大的祖母在另一个世界的生活，或者，让她看见我，让她不要对她在世的子孙生出过多的担心。我的祈求在心肺里呼叫，却不敢说出来。

这座小小的庙宇将世界变得简单，我在这里得享一片安静。庙外坡下有锄草的人，一对女儿在二十多岁死掉的夫妇，一个父亲引着他已经走向四五十岁的傻儿子……他们心上都有碗口大的伤痕，但他们在我走向庙宇的时候，笑着，像神一样朝我笑着。

我往上走，仿佛庙里有人等我，直到进到这庙里。无论我在有形文字里学到多少知识，它改变的只是我的生活方式，并不能改变我的思想方式，当然也不能，将我的祖母从我的妄想里抹除。七年了，我总以为她是存在的，在世界的某些地方，在我的大脑里。我并不敢轻举妄动，也不敢愤怒绝望，亦不敢冷漠无情。我的祖母以她彻底的不眠追着我，这种思念的疾病让我惆怅，追赶我一年一度夏秋时节回到这一爿土地，来赞颂管理她的神，我问我自己。

神一直活着，死去也活着，世界的力量就是达到这些活着。死去是一种力量的祭品，他们居住在那些移动的人的头脑里。庙宇这种高傲的存在，它以难以置信的方式让人自身与自己靠近，同时却不断退出自己。即使是动乱年代，它也可以成为一种安静却残酷的思考，让人感觉过去已然，未来也已然，平常生活随时可能裂开一个永恒的深渊，将活着吞没，合拢。

　　我跪下来，在一堆鸟屎几只麻雀的尸体前，向村庄的龙王下跪。泪水从我的眼里滑出，我向无名祈求祖母在其他世界的安稳，愿她不再饥渴，不再恐惧，不再受寒冷的折磨。我把绝望吞下去，似乎还不行，我必须一年一度归来，完成这可怕的献祭。我似乎必须需要表现这种凄惨，表现这种眼看要碎成尘埃的绝望。我知道，也许这一切不是真的，我在土地之上不是真的，祖母在土地之下也不是真的，龙王坐在庙里，是人们的幻觉，哪里都被空气填充。可是我仍然出于爱，无数次地为祖母祈祷，她的形体化成了虫子，也化成了野草，她的样子都成了尘埃了，我仍然跪在这里为她祈祷。也许我该砸碎那墓穴里脆弱的壳，让她暴露在无穷无尽之中，暴露在风中。但这不是从我心里将她撕去吗？我怎么可以如此。我只有爱这无力无助坐在庙宇里的泥神塑像，想象她可以被眷顾。求的不是让我如何，而是出于对生命的疼痛的感知，我求的是无名免除她的疼痛。而她，还是一条生命吗？已经是无数条生命和无数缕尘埃了吧。

　　我的灵魂背着一个神。难道我们每个人不背着一个神？他们是不同颜色的龙王。我们在爱里，呼唤神的光芒，不管爱自己还是爱别人，在爱中，我们领略着一种来自神的疼痛。

　　即使是火葬，新的生命也在烟雾与灰烬中生成，而神打开着这种内在的混沌。庙宇的存在，让人回到这种蒙昧不明，一种看似非理性的理性世界。一切的神，世间的传说，是多么浪漫的存在，只有神，才能让我们生活在一种魔法的圣洁中，神是永远可以想象的，是精神永恒的恋人。神既可以是自己，又可以是他人，既向上又向下，可左可右，神让我们在生者与死者间结合，让一切完整而不分离。

　　因为爱，我愿意这样去定义，神的存在是人对自身的温柔和许诺，每个村庄都需要这样的守护。神是一种方向，它不是从山上到山谷，相反，它从下而上，我们是种子也是果实，可以蒸腾如烟如雾，也可以如尘埃，上升与下降，永恒的规律。把一个村庄的万物锁定到几个神龛身上，神龛却在鸟屎与尘埃中剥离着自己的金粉，这荒谬却神圣。此刻，我俯身在一种缩写的虚构叙事里，表现人类对自己的悲悯。庙宇的存在，是人对自身的抚慰，一种特殊的建筑，构建了特殊的窗口，在里面我们看见自己又退出自己，活在过去也活在未来，无始无终。

香梅姑姑的灵歌

香梅姑是我父亲的堂姐，一个神婆，做女儿时代就顶起了神。父亲的父辈有四兄弟，父亲这一辈自家兄弟三个，虽然小时候亦有姐妹，但没有活到成年。父亲有五个堂姐妹，分别是桃女、二女、方梅、树女、香梅。其他几个女子都是旧式村妇，嫁人生子，过安稳日子，只有香梅姑姑接了祖上的神。香梅姑姑这个我刘姓家族唯一的神婆，嫁就嫁在我村对面村庄，经常回村里走动，所以我对她就很熟悉。

陕北的每个村子都有那么几个神官，有男有女，神汉神婆。香梅姑姑没有进过学校，倒是会写字，亦可以画符。香梅姑姑的法术不是很高，但在乡下的几个村庄还是名气很大，不管谁家老人小孩有疾病，都会带了红布和黄表去请香梅姑姑的神仙下马。

神官有神衣，长袍大褂，手里有摄魂铃，背后有口袋，放有筛箩等法器，头上有专属神官的四方高角毡帽，和陕北一般人的穿着比起来，神官阔气得很，倒不是贵重，而是因为特色和体面，受别人尊重。神官在陕北并不是什么神秘的职业，在上世纪三四十年代之前，从事这个职业的人很多，因为可以云游四方，替人消灾，自己长见识。之后，这门职业才日渐少了起来，不过即使是政治风气很盛的六七十年代，一些人家，私下也还会请神下马，盘问凶吉。毕竟这是祖传的活命法则，虽然不是每一件都靠得住，但毕竟相对安全可靠。人神不远，神也是可亲的，不像外来物那么陌生。

　　神官不像别的职业，可以轻易收徒。陕北的神官，可以世袭家天下，也可以采别人，这完全看神仙的意思（其实主要是顶神人的意思）。陕北的神官是既有神又有仙。采人就是神仙选人，那些被选的人在日常生活里会有神仙附体的表征。如果经常不由自主就坐下来唱起神仙歌，那么就可能是被神仙选定的人。神是要采才可以上位，神选人而不是人选择神。神官对人的要求，要天庭饱满，双目有神。香梅姑姑就属于这样的人。然而神官损阴德，在陕北，一般人家的成员即使被采上了，能拒绝也尽量拒绝。但一般只要神找上的，你很难拒绝。香梅姑姑就是这样迫不得已，她的母亲未必喜欢让自己的女儿接替自己做神婆，但这体现了无名的意志。香梅姑姑在少女时候就经常下马，那时候她没有出师，她母亲还顶着那尊神，开始是想躲过去的。躲到了她的四五十岁，她才接受了她母亲顶过的神。

　　现在，香梅姑姑已经八十多岁，头发皓白，仍然在嫁出去住了五六十年的叫做尖堡则的村庄里住着。只是已经不大占卜别人的命运，而是喜欢抽签打卦问自己的神，问自己的终点。

　　从中年到老年，香梅姑姑是身形说得上胖的妇女，面容像唐代陶瓷上的侍女，高古空阔，加上陕北经常吃大馍，她外貌自带一种泥塑之感。她走起路来步子宽大，一步跨一般妇女的一倍半，即使是少年男儿，也比不得她快。她的职业除了务农，就是跳神，她的收入则多半靠后者而来。她一生差不多都在和别人的疾病打交道。

她嫁的丈夫憨厚老实，生了两子两女。可惜，大女儿脑子不太开窍，嫁与人家也不太受尊重；二女儿智商倒是靠得住，但因为嫁的是心脏病人，半路失伴，也算是孤单半生。她的两个儿子倒不错，有房有院，有儿有女。然而，因为香梅姑姑跳神起家，在乡间，算颇有一点钱财，两房儿子不断争斗，儿媳亦是乡间悍妇，一个比一个厉害。因此，香梅姑姑的晚年，虽然身安，心却颇不宁静，甚至，冬日里吃不到水，也只能期盼着下雪，到雪地里挖一些回来做饭。在我祖母的葬礼上，香梅姑姑拄着拐杖来了，倒是身体还健康，但分明是凄惨的，说起冬日吃水，都把整个窑头上山顶的雪铲了过去，现在就惦记老天爷爷下另一场雪。她走过之后，村人说她镇鬼太多，犯了邪气，到头自身遭殃了，应在儿子身上是不孝，应在女儿身上是疾病。然而若说她真干过什么坏事，她确实没有。我乡传说里虽然有恶神恶鬼，但万善通一，人顶的神多半是善神，而且乡间巫术，实在骗人坑人的不多。巫术分黑白两种。黑巫术有害人的特点，但黑巫术的人一般都是远道打站的，根本不可能住下来。乡里乡亲，村村户户居着的，则一般是白巫术，白巫术就是治病救人保平安，是乡人给自己找的神灵，并不会索要太多钱财，至多就是吃吃喝喝，混个风光，让请神的主家自己看着多少给点钱。然而，大家还是那样说，意思神鬼的事，还是要敬而远之，不然后代要遭殃。

香梅姑姑的盛年时代，是四五十岁期间，那时候的乡间妇人都差不多失了颜色，生儿育女让她们老了很多，除了做家庭保姆外，很难有自己的其他职业。而香梅姑姑，却因为顶着神，经常下马做法，所以颇志得意满。下马是陕北高原的一种巫术，神下马，仙也要下马。下马是到人间，上马是回天界，或回山林。香梅姑姑有时顶的是神有时顶的是仙,仙是狐大仙,仙来神不来,神来仙不到。神比仙大,但仙有仙道,神有神迹,正事问神,邪事问仙,因此算黑白两术。犯了煞气的人家,不请神家请仙家,因为神不治理的事情,仙来管,只要你礼敬得好。

神官在成为神官之前,有一整套的仪式,挥舞桃木剑镇煞,画符念咒,闭门修炼等等,庄严而神秘。神官看病,人们可以围观,但不经神官提示,不能说话,这是神官下马的硬性规定。我怀疑这是一种催眠术,当然,也可能是神官进入了非正常状态,不能发出声音,不然怕受了惊吓心理不畅得了疾病。每次下马,都会把香梅姑姑累倒,但当她摇动摄魂铃,你会又惊又吓,觉得有什么东西是存在的,神官可以做很多事。香梅姑姑就是如此安慰一个又一个生活中激荡不安的人,她把亡灵请来附在自己身上,代表死者向家人说话,或者问明生病原因开药物良方。这样的招魂和为活着的人叫魂不同,这当然源于灵魂崇拜,但已经招的是远去的灵魂了,他们不可能回来再睡到我们身边。

下马是要设坛的,在香烛的雾气缭绕里,顶神人进入迷狂状态,声音哭喊奔向四方,神仙仿佛借着缭绕的香烛之气从远远的地方飞翔而来,分明飞得气喘吁吁。一般做法,有请神、通神、谢神、送神四个步骤。神仙下来叫下马降神,神仙离去叫得胜还营,上马回朝。神鬼不分家,所以香梅姑姑此时又是神婆又做鬼,是要招魂引魄的。蒙面、塞耳、上香、跳火等是香梅姑姑下马的一系列活动。另外,不断发出巫歌之音,念咒语,用灵物清洗病者的脸,也是顶神人要不断做的。

当香梅姑姑下马之后,发现生病的人是冲撞了鬼,她就会上马举行一系列的送鬼活动。一般情况,人们碰上的鬼都是自家鬼,因为放不下,所以才回头。于是,香梅姑姑就请主家让一只面老虎，亦可以是狗或猴子，然后把这只面花放在灶上烧半个时辰，等这个面虎被烧得焦黄酥脆之时，系个红绳在颈子间，然后由家中上了年纪的女人用毛巾包起，从头到脚对着生病的人沾一遍，口里念叨有词，叫着死者的昵称或尊称，让他不必再留恋着回来，阴界阳界，各有边界，不然派老虎吃掉他。最后将面人送到十字路口。如是三次。如此之后，这只面虎就被生病的人吃掉。当然有时也用生面，从头到脚沾，做法大同小异。用生面也是要捏面虎面猴面狗的，不过这时候就需要炉灰做法，将炉灰围圈撒在十字路上。也是三次。

香梅姑姑平时所带的神物不多，有时是黑色纱巾，有时则是随身携带的一个大织袋。但只要做好了坛场，她就很容易进入了神官的角色，下马到重新上马之间的这一些时光，她像是真的进入了超常状态，为人们去取回走散的真魂，驱逐那些不散的阴魂。有时，她也会身穿破烂的法衣，好像只有破烂的花布衣服才有神奇的功力，衣服上有时挂满铜铃。当然，她也会将挂有铜铃的神冠戴在头上，那神冠上镶嵌着小鸟的式样。夜里听见铜铃声由远及近，即使是大人也会觉得害怕，于她却仿佛真来自天外，一切都无所畏惧，仿佛天塌了亦举手可托。那铜铃有时是马，有时是船，有时则是海，在人世的风浪里飞行；她随手执一个长鞭子，像书本神话故事里的扫帚，当然，用过多年的扫把也是她的法器之一，借这些日常用具产生的魔力，她行走在彼岸的江湖。她穿那种后面系玳瑁扣的长袍，缀有很多飘带，飘带上有各种颜色的刺绣，也是挂满小铃铛，有的是长蛇状，有的是贝壳样子，衣服背面则是翩跹来去的鸟尾。她亦是要铜镜与小鼓的，如阴阳法师，大鼓也用，但需要做大法时。

神仙喜欢单数，所以这些都是以单数为吉。鬼属于双数，所以请鬼的东西，一般用双份。烧香打卦问神神，求了神灵，也是要还口愿的。陕北人喜欢还口愿，因为所求的人有了眉目和方向，算是喜事，当然要感谢神灵。香梅姑姑唱的最好的也是还愿歌，轻盈飘动，却毫不轻佻。我记得那时候她已经是半百村妇了，唱着还愿歌，像是从很远很远的地方来，根本不像是我们刘家嫁出去的女儿。她是神奇的，让人悲伤却又带着希望。

设坛还愿都是在事主家举行，整个仪式由神官主持。一般人家，都是在院子里摆出过年用的大桌子，旁边放上长条木凳做神台。陕北神官做法，都用的是生活里寻常可见的东西，就像打架一样，菜刀平时做饭，打架就是武器。陕北盛米用的升子以及前面的筛箩，都可以是法器。准备还愿仪式时，升子必不可少。升子里面盛满小黄米，旁边放两个水碗，升子中插有写着"奉请玉皇大帝之神位"和"奉请过往诸神之神位"等的黄表神牌，水碗上贴着白纸写的"奉请x门三代之英灵"，主家姓什么就写什么，因为请的是自己家祖先。接着就是上香，神三炷，鬼两炷，然后就焚表化水。一般，神仙属于天上的，居中位；祖先属于地界，牌位就在长条木凳上。主家面对着牌位，跪下，香梅姑姑开始口念"闭口咒"，接着依次请神请鬼。向谁许的愿，谁就是主神。一般人家，也无非就是请药王治病，请观音送子，请土神保行人平安，请祖先佑后代康顺。请的谁就唱谁，我现在仍记得一些句子：

上香上香再上香，唤过弟子诚心人。
上请玉帝凌霄殿，童男童女站两边。……
十方万里诸神都请动，来到坛中受香灯。

香梅姑姑的弟弟，也就是我的二伯父，五十多岁上得了病。

西医也看，中医也治，神仙也来抢救。他中年时代下过煤窑，隔了几年又跟着工地建筑房子，一天里和水泥打交道。也不知道哪方面的原因，居然身体不断疼痛，到西安去检查，肝癌晚期。未做化疗，开始按着中医看，一剂又一剂吃汤药，配合着香梅姑姑所顶的神开的方子，经常吃些奇特的食物，比如青蛙一类。想不到几年之后，香梅自己的女儿，我们的秀英表姐，也是癌症。生命生命，有生有命，呜呼。

香梅姑姑的一个女婿死了，弟弟死了，都死在花甲之前。假期我回去，知道香梅姑姑的二女儿我们的秀英表姐得了癌。香梅姑姑从年纪轻轻时候就引渡亡灵不断回来，通着天地三界，按理知道人世无常，但想来也是悲伤的吧，白发人送黑发人。摄魂铃和银魂筛子依旧在她的肩膀上扛着，却已经镇不住这些活着要从她身边逃开的灵魂了。不过，那些声音仍然响在我童年的记忆里，她坐于桌前，摇动上身，歌声直往云霄，如泣如诉，是我童年时代最早听过的天籁。那常人所发不出的巫音，让我总相信着有那么一个世界，死者与我们连接，死去的人仍然活着，他们有对人世的不舍，一次次回头。也是因为香梅姑姑，即使我最爱的祖母离开多年，我在梦里一次次见到她，总觉得她还在某个地方喘着气，还可以叫出我的乳名。我似乎一直在这样的等待里。那些离开的人，冢上鲜花烂漫，提醒我生死无间断。

香梅姑姑一生设坛，与神鬼打交道，请神送鬼，安神参鬼，引路开路，指路送鬼。她知道死人该去哪儿，也大约知道自己的期限。现在，她虽然有儿有女，却还是一个人生活，丈夫已逝多年。她的那些法器，在这十多年，已经逐渐蒙尘，她的双眼也老灯一盏已蒙尘，眼看油尽灯枯，好像提前进入了深沉的睡眠。人人都知道，她是一个处于秋天却已经在赶往冬天的人。我不见她已有七个年头，祖母逝去已七个秋天，在开往深冬的路上，我想起她，希望她还活着。我想起小时候，她做法总是紧闭双眼，泪流满面，唱着连通天地的歌。我想不来她为什么有那么多的眼泪，却从来没有偷偷问大人，神仙的事小孩子不要问的。那时候，她比别人多一个前世和来世，她比别人多一个世界，在那里她来往如梭，却茕茕孑立。在进入老年的岁月，她应该越来越靠近她一直歌唱的那个世界，飞鸟翩跹，祥云更迭，她也是孤独的一片。她是一个一辈子住在白云里的人，住在日月星辰陪伴着的天空。我的故乡因她而充满流动之气，枯山枯水因此开出它自己的金碧辉煌，我却并没有写好她。神是叫不出来的，但我喜欢那一览无余的坦荡。一切怨憎都有原处，皆有开解之法，通透癫狂，我们需要这样自圆其说的澄澈。

往来于故土之间，经常见很多老人坐在太阳底，拔下发髻上的头绳，用一把缺了口的木梳慢慢地梳头发。香梅姑姑也会是这样的老人了吧。我并不觉得如何悲伤，她唱在我少年时代的歌声将这一切都衬托了，世界是个巨大的洪荒之所。

黄土高坡的风

　　风运输来了这片叫做黄土高坡的土地,成了我的陕北老家,风改造了大地和生命,也改造了历史的路径。风也将砂岩吹成波浪谷,向我们展示了数百万年的自然神奇。陕北南面是黄土高原,北面西北方向进入毛乌素沙漠边缘和内蒙古鄂尔多斯接壤,一年四季一场风,从春刮到冬。人们说流浪不叫流浪,叫刮野鬼,人的灵魂,也是一阵风。活在这块土地上的人,人们说是刮来的;对于那些死去的人,一茬庄稼一茬人,人们认为他被风刮着去了别的地方,而他的灵魂,还会刮回来,栖息在故土上,想念谁,还会刮着让他走不开,如同一阵或温柔或粗暴的抚摸。

　　经书上说,一切都是捕风。这话有它的道理。百物徒然于捕风里,流转着自己的生命。风是天边的神话,创造了道路,也扬起了尘土。而我们,又何尝不是尘埃的一部分,只是借助风,成为一个又一个的"我"。去日留声,远在远方的风,还在对这块土地进行热情的塑造中。陕北说书《刮大风》的快板全面表现了我陕北乡人对风的态度和情感:

> 太白金星传神令
> 风伯雨司没消停
> 一口法水往出来喷
> 猛然起了一股古怪风
> ……

《刮大风》是陕北地区特有的地方曲艺，有浓厚的地域特点，有专门的说书人说，但人们平时看见刮起风来了，也会吼两嗓子。《刮大风》里面的"跑牛、溜沟、圪里圪、鬼旋风、碾盘、碾轱辘"等都是方言词。此外，用方言的象声词也很多。用方言表示刮大风的场景，其实比我用普通话写出来更有味道。

陕北万物有灵，风亦有神为风神，也就是曲子里说的风伯。每年转九曲，以求得吉祥平安，亦是要安祭风神这位伯父的，要举行围风和祭风仪式，以求得风神保佑村庄平安，不要来作祟。

围风，也叫压圈，会首带队，秧歌队紧随其后，围着九曲场转一圈，然后唱几首围风秧歌。为的是晚上观灯，风安安稳稳，不扫人兴致。祭风，是在围风之后。转九曲时候，如果起了风，就得祭风，用秧歌词请风神娘娘停止刮风，以保下界凡人观好灯。祭风之后如果继续刮风，就要再次祭风，有时需要连续祭好几次，讲求"风尘尘不动雾腾腾，保佑百姓观明灯"。这时候，《大风歌》就有了用场，唱《大风歌》的巫者，便有了他的舞台。

陕北不同季节的风有不同的名，刮在春天的风按理很稚嫩，毕竟一年之初。然而在陕北，春风并不如诗句里那么柔情。陕北的春风最古老，也许是一年一度刮来这片土地的最原始的那阵风在不断回头。往往，春土复苏之时，陕北的风就开始呼啸而起，紧随着大地醒来，卷起滚滚黄尘，吹着过年的对联以及脱干叶子的树木，老窑洞似乎被吹得不断颤动。老年人会在过年那天去品山，看世界在新一年的吉凶祸福；老年人亦会躲在屋子里品春风，互相讨论老黄风带给世界的吉凶。黄风形成漩涡，经过了谁家的脑畔，停在了谁的脚下，他们会根据黄风的长短形状判断吉凶，推测某一家可能有人降生，某一家可能会不久有人离世。如同村庄死人最好死在单数日子一样，如果死在双数，村庄不久就会有另一个人死去。这样的恐慌罩着我的村庄，而且几乎很灵验。所以村子里的人，对于黄风的预告和数字的预告一样，知道要来的，走不了，所以要观察它的先兆，要在心里给自己种下已知的种子，去承受好或坏。人们站在春天的门道上长吁短叹，期盼春风住，又盼春风带来雨水，让人们可以耕作。

　　春天的风就如此嚎叫着住进了村庄，咆哮到春暮，禾苗在地下开始生根，人们不再那么害怕，炕头人终于可以做个好梦，因为夏天就要来了。

　　夏天的风不像春风要将沉睡在冬季的人吹醒，没有那么烈性，甚至可以说是轻柔的。我乡人喜欢夏风，喜欢夏天的云。我乡人的谚语说风是雨的头，南风一起就下雨，说的就是夏天的风雨。陕北下雨不同于南方，是要刮一会风的，刮风是下雨的前戏，我们都知道。

　　夏日的夜晚很凉，陕北的夏日并不热，人在太阳下走，只是晒，离了太阳进入凉阴里，就不觉得热了。因此，夏日傍晚，凉风习习，倒是最好的季节了，穿得不必那么多，人们在夜里走来走去，无比舒畅。陕北的夏夜，一轮明月高空照，仍然是塞上的月，宁静阔远，人们坐在地上说闲话，往往可以到夜半不觉。

　　八九月，收获的季节，人们将庄稼拉回来放在场面，准备赶牛碾场，让颗粒脱落。扬场就等风，这时候，人们心里祈祷着天不要下雨，风不要太大，但也不要风尘尘不动。祖父活着的时候，喜欢在夜半扬场，风正好，借着月光，他碾黑豆秸秆，糜子秸秆，打下一袋袋的粮食。我们躺在炕上，听他在窑洞上面的谷场上唱信天游，唱船夫调，天下黄河九十九道弯，一个弯又一个弯从门里拐过去。风轻飘飘的，庄稼顺着扬起的方向落下，秸秆飘落到另一边，农民并不清楚物质的密度，但他们在风起的时候，已经行使了用密度分离事物的原理。

秋末快要入冬之时，风吹黄叶，冷风渗骨，人们知道就要进入深秋了。接着而至是冬天，几乎没有什么过度，隆冬时节，陕北的风刮得异常猛烈。老年人在窑洞里蜷缩着，他们说着："风来收人了，你听呼呼叫着。"在他们眼里，风是老天爷的使者，在冬天要将那些寿数已至的人捉拿回去。风把门帘刮得哗哗响，风吹着院落的枣树，风从梁上穿过，沟里爬上来，风是躲不过的呀。祖母说着："风来收我的脚印了，你听。"开始她八十多岁，后来她九十多岁，风在她九十四岁那一年的腊月里，终于没有再犹豫，收走了她在大地上的脚印，让我哪里都找不到了。可是，仍然有风，传递着她的阵阵哀叹。

叔叔的羊群也是一阵阵流动的风，几年来，时远时近地牵着我。叔叔放羊已经四五年了。一茬又一茬的羊，这些畜生，谁会活到自然死亡？叔叔说他六十多岁了，最好一点在于腿快，他说他现在跑起来也比我快。庞大的黑旋风曾经追过放羊的叔叔跑，叔叔说"差点就活不了了"。他无法确定那阵风来自他的父亲还是母亲，也或他去世十多年的大哥和二哥，他确信是他们，所以，他对我说出了这句话。风里活着的前世，续接着今生，一切死去的人似乎没有死去，他们会在风里回来。

这沙漠里的风，和海边的台风相像吗？来自海上和来自沙漠，不同的风，包围着一样有骨有血的人。

　　风是事物的爆发和坍塌，但同时也引来了塑造，世界的绵延由此形成。风的诞生和飘散令人欢喜，也令人犹豫，但世间人，哪一个不在为朝阳与落日着迷？风不懂这时间的脉搏，即兴表演，蔑视一切按部就班，径直走到想走的地方，冲向威胁它停止的高山和深渊，在时时刻刻的开始和结尾处不断地耗损自身。我乡人在风的身上发现自身的野蛮，也发现肉身的衰朽。风雕刻着陕北高原，形成地理学上的"千沟万壑"，坡峁梁湾，也让这块土地的人们，拥有一种激情和颓废，在身上和脸上打下沟叉，形成与地标相符的一种存在。

　　我们的梦想中了毒，无论怎么走，风吹起的尘埃镌刻在我们的身上，我们喜欢这些沟壑多于平原，喜欢高山多于平川。是风造成了这种对深刻的需求，它在内在创造了这块土地的性格以及它的荒诞不羁。现在，这种内在的塑造仍然不是过时货，我们嘲笑着这块土地，却又对它进行思索。

　　老黄风，它有它生命的年龄，它的老迈和凋敝，无法计数的时代，创造了数不清的生命的繁荣，石峁遗址、仰韶文化遗址、汉画像石、大夏国的泥土城……仿佛一种虚假的永生，和颓败的长城，靠着惯性，仍然在地表和地底缓慢地挪动，仿佛世间的风湿痛，以絮絮叨叨的绵延，折磨着一代又一代活着的人，着迷，探索。

　　风洗劫大地和天空，一种粗暴却又不得不说是优雅的冒险，带来新一层的尘垢，让人们一次又一次为自己的终结做着准备。"东山上的糜子西山上的谷，黄土里笑来黄土里哭"，风带给人这种坦诚，看穿了一切却又很热诚。我的祖先也许很早就知道，我们的存在只是风的冒险，风是一切生命的十字架，是绝对的灵塔，随移随动，而灵塔里埋着一切慰藉。风使一切生命延伸下去，不断进入一种又一种物质的独特之中，人们不得不赌上几个世纪甚至几千年，比如埃及，比如罗马。风从不去追赶自己的荣耀，没有一点征兆，它来了，又走了，我们这些生活在窑洞里的穴居动物，和生活在泥土里的那些蛆虫一样，并不太热衷于谋划未来。

人在世上的游荡像风一样，不知所起不知所终。风神的塑造是人对自身灵魂的召唤，我乡人的风神是一场干旱接触的果实，是平庸的生活制造的崇高。

我喜欢神灵，这也许源于我乡人对神灵的发明。如果一个地域连发明神灵的能力都没有，连相信神灵的能力都没有，这个地方是没有什么前途可言的，因为它好不浪漫。神灵是一种传奇又荒谬的存在，但它让生活显得不那么行将就木。在这个工业和科技高度发达的时代，我乡人还没有耗尽自己的神，没有让他脱逃，而是让他继续与我们生活在一起。人神共居的时代，粗糙蛮荒，却又有另一种可爱。最苦涩的念头，想象神也是可以感知的，就分明是一种安慰。神拆散了我们的真理感，让我们知道可以有所思。在一种单调乏味的消费社会，神是多么令人惊喜，古老的风神，在祈祷与罪恶之中，与我们生活在一起。

我乡人创造了风神，而风神控制着风，对我乡人来说，风是无穷无尽的，风神会一直存在，这就既有了过去又有了未来，仿佛前路不远，后路亦不远，世界因此而亲切。

在这个世界上，风改变着一切的位置，改变了世界本身。我们不得不接受这些或好或坏的变化，以一种按部就班的态度，承受出生和死亡。风是最高的生命原则，它带来了尘埃，也带来了生命。在爱情里，我们常常会用一句话："匍匐在尘埃里。"实际上，与别的尘埃相比，我们离自己的尘埃最近，我们与自己的尘埃合二为一，在风里，即使是化作一缕青烟，我们也会死在自己的尘埃里，奔赴自己的尘埃。

　　没有人可以改变风的途径，任何行动都会让风显得无序混乱，就如我们的生命一样，被一股原始的洪流拖拽着。这是最初的风的秩序，将我们带来，然后又带走……我乡人感谢风神带来的这片土地，穴居动物于窑洞中，任风狂热地从春吹到冬，切割他们的梦境。

陕北年画

从我出生,无论是窑洞还是平房,每年的白墙上,都会贴年画。开始我的村庄是四百多人,后来越走越少,二百多,接着一百多,接着几个人,再接着,这几年城市发展不景气,村庄呈现微茫的兴旺之态,回到一百多人。但过年总是热闹的,因为人们要从县城和其他打工的地方赶回来,上坟,团年。对于村庄,外出的人总怀着一份不安,父母在那里,祖先在那里,无论怎样,住了多年的房子要烧起炉子的,坟头是要冒烟的。不然,即使顺风顺水很吉利,也会觉得不踏实。人世的繁华盛大,在乡村住惯了的人,只有再次回到乡村,才觉得这是真的,可触摸可信任的,是切实参与的。现下的这时节,腊月末,人们忙着贴对子,糊窗子,贴年画,年画是"年话",吉祥要靠在墙上,许在墙上。

旧的菩萨要送上天了,新的菩萨要重新请进来。要请财神、灶马爷爷、哼哈二将或其他门神,要给白胡子土地爷爷上香,要请八仙来,需要生养的人家,还要请观音娘娘带胖娃娃来;另外,金童玉女也要来,他们或者骑着红红的大金鱼,或者手里抱着金灿灿的元宝,跟着财神,踏着祥云进门。

"天增岁月人增寿,春满乾坤福满门""抬头见喜""出门通顺""莲花有余"……到处都是这样的吉利祥和,年画上也是这样写着。就连炮竹上,也有这样的语言,炮竹这时候叫"福炮",千门万户曈曈日,乡村土舍,和帝里京都一样,千门万户有那一样的声响。

过年穿新衣,走在雪地里,人也像是画像上可以踩祥云的。我陕北,年节尚红,红代表喜气,内衣袜子是红的,降煞气;外衣帽子也选红,招吉祥。逢年过节,这红仿佛是震慑和预告,要开心呀,开心呀。年画的色彩也是吉祥的,以红、黄、绿、黑、蓝为主,五色为宗,色彩刺激,暖色调,充满着一种刻意制造的喜气。花花绿绿的年画,都是香艳的故事,即使是悲剧,也是香艳的,有着激动人心的地方,有着神秘的气息。

正月初一起来,穿了新衣戴了新帽,人走在墙壁前的神仙画前,仿佛也沾了神仙的喜气,可是夜里回家来,看到墙上仙人仍然笑口开着,只觉得日子怎么爱,都过得草草,像古诗词里写着,"芙蓉城阙知何处,说到神仙事可哀"。然而隔天里又是新年新气,又热热闹闹,这可哀的心绪,也就冲淡了。

我陕北的年画,倒不全是各路神仙,也有世俗生活,这类年画多在村干部家庭,他们有来自政府的一些"福利",墙上挂巨幅的主席画像。当然,一些人家,也挂主席夫人,或者其他国家要人。主席穿着正统的西装,打着领带,而主席夫人,一脸端庄相,这让我总想到"关雎"的说教——"王者之风,后妃之德",同时也为他们总是不得不端庄地活在画像上为难。娃娃与美人,也多是那些有年轻夫妇人家喜欢挂的。早生贵子夫妻和睦,是我乡下人家对美好生活的期盼。一些人家也挂《三国演义》《西游记》《白蛇传》《牛郎织女》等这样的画像,一为体现文化风味，二为图样式多。

家家会贴门神，神荼郁垒，秦叔宝尉迟恭等，手拿刀枪剑戟、鞭铜锤爪、斧钺钩叉、铛棍槊棒，一脸鬼神勿近的样子，立在门两边。过年夜，院落也要拦起来，用木头杆子、铡草刀、斧头，而在门上，则搁置菜刀。这些武器都是门神的，和图画上不同，民间的武器是逢着干戈才是武器，平日里就是生活日用器具，和烟火饮食相伴，是人体的一部分亲密的器官，与人手人脚配合使用。年夜这一天，其他器具都休息了，如箩筐犁耙簸箕扫帚，都平放于粮仓，睡觉，但可以用作武器的，就来当门神的道具了。"门神门神骑红马，贴在门上守着家。门神门神扛大刀，大鬼小鬼忙逃跑。"上院的二妈家，她家家具齐全，甚至可以说富足。新年初一去她家拜年，看见二妈依次把大刀小刀抱起，锄头斧头拿起，很觉得慎重，对于这些日常家什，也觉得多了神奇。

年画除了表现时代风貌国家要人的，重在写实，涉及神话，人物和动物都是写意的，不像实物那样缺乏个性，只强调神态而不强调表情。对于天官赐福、年年有余、富贵满堂、老鼠嫁女、杨家将类，也多是写意而不写实。杨家将的故事，在我陕北乡下无人不知，府谷县文物馆，这几十年还挖掘出很多石碑，上面记载着他们的"丰功伟绩"。石头一直可以"彪炳千秋"，陕北文化就有很多佐证。在我陕北，从古至今都很流行以石记事，当然，也不能说是光我陕北，中国人旅游，好书"到此一游某某某"几个大字。前些日我与家乡来的外甥逛西安大唐芙蓉园，看到上面"要人们"的落款，读高中的小外甥戏曰："州官放火，百姓学着点灯，所以千百年来总有人要写到此一游。"我听了有茅塞顿开感，因为到名胜古迹处游玩，往往被那些今人写的字骇住脚步，也不知道他们到底要名垂千古还是想字"垂"千古，有些字实在写得难看，未免给人心上添堵。

余赛花据说是我府谷乡下的女子，现在还有我府谷乡下孤山的七星庙，诉说着她和杨继业的爱情，说他们在庙里如何怡红偎翠，许诺生七星，所以她的七个儿子是星宿下凡。关于杨家将的故事，陕北人个个耳熟能详，小孩子也记得清。不过我只感兴趣四郎探母和穆桂英挂帅，无论是戏剧里，还是年画上，这两个人总让我难过。年画上，四郎是面目清晰的世间人，穆桂英是铿锵好女子，我喜欢这样明晰的角色，有人味，有英气，而不是英雄附体缺了人情。陕北女子对穆桂英和花木兰很崇拜，认为她们都是出自我们黄土坡的女子。我们少年时分，削木头为刀带兵打仗，也多扮演穆桂英和花木兰，没有人喜欢佘太君，毕竟没有人死得起那么多儿子，大家都是寻常儿女血肉身，在想象里，也不愿自己的儿女遭受血腥杀戮。所以，有老人的人家，喜欢挂四郎探母图，为的是给子女做榜样，让他们行孝；有年轻女子和媳妇的人家，则贴穆桂英挂帅，威风凛凛，自有一种喜气。这种女子的喜气为我陕北人欣赏。另外，家中有需要考试的孩子，也会张贴"状元及第"字样的年画；要是有大姑娘，则贴"老鼠嫁女"，为的是亲戚朋友往来间看到，媒婆上门，说上一户好人家。

年画都是赶集买的，每个乡都有自己的集市，可以买到日常生活的一切，也可以卖掉一些经济作物，药物用的虫子和草，如蝎子和做板蓝根的草木，亦可以卖掉。乡村儿童最快乐的日子，是逛集市，走着路或坐着车去，总也不远。集市几天开一次，有规定的日子，三六九或二五八，是农村人口最集中的地方。过年的集市比平日热闹，物品也丰盛。也只有过年，才卖对子年画。对子的内容大体差不多，五谷丰登，风调雨顺，招财进宝，家庭和睦，岁岁平安。近些年，一些信耶稣的人家也贴起了对子，不过是对主的祈愿，内容还是差不多，天下万善同心，九九归一。我母亲住在旧村，她习惯于过年贴她的耶稣对联，年画亦如此，多是圣母圣子图，不过这权力也是多年斗争的结果；我们家新农村的房子，遵循的是哥哥的信仰，也就是祖传的信仰，以祭祖祭天为主。不过他们母子一年吵到头，妈妈要供养她的上帝，哥哥要供奉他的神仙。我和哥哥都是祖母养大的，自然同心，然而我妈妈的战斗力也非常强，所以他们一到过年就准备各自的神的对联，谁吵架胜利，谁挂谁的神。我和姐姐夹在中间既做评判也看热闹，风日洒然，也哭也笑，世间日子居然可以如此过。风景人物花鸟神仙的年画，是家家喜乐的。尤其是大白胖憨娃娃，一脸微笑，在集市的地上爬来爬去，人们最喜欢。即使没有小孩子的人家，也会买两张。年画中也常常可以看到牛郎织女的题材，祥云缭绕，衣衫飘飘，服饰和发髻，都是世间女子羡慕的，那些丫鬟亦是可羡的，手捧寿桃或持荷花，有时也捧官帽和酒杯，握蒲扇。对院大爷是村干部，大妈喜欢年画买梅兰竹菊喜鹊鹦鹉等花鸟图，而大爷就如他背了那几十年的"为人民服务"的军绿色解放包一样，喜欢贴各类政要图。于是，他们家的年画，半壁带有"文革"气息，农业学大寨，或农民伯伯秋收忙，要不就是国家领导在举目瞻望，王者风范与后妃之德并举；半壁则是花木虫鱼鸟兽，一意空落的飞白，是年岁清供，而锅灶壁这面，则是财神灶神图，长胡子老爷爷手握聚宝盆。因此，他们家过节，既有神仙鬼怪，又有现世风景，很有戏剧特色。

我最喜欢的年画是风景建筑类题材的画，尤其八大山风景图，还有苏州杭州地貌图片，小桥流水，仕女衣衫飘飘，人物缩影一般在大背景里走，一派艳阳天，仿佛是盛世。书上看到的景观被搬到了墙上，那样地让人欣羡，杭州扬州不远，嵩山黄山不近，但都在我们的墙上，都可以用手去指，用眼睛过去爬，尤其那松树，长在视野里郁郁葱葱，一派天然自由自在的架势。廿年后我由黄土高坡去往黄山脚下读大学，和小时候看到的年画不无关系，也许，心智就是那样开的，对南方的喜欢，始于风景，心意就是那时候定下的。

我印象里最深的年画是父亲买来的，他喜欢戏剧人物，我关于戏曲的知识，也得自他的启蒙。那些珠玉满头水袖轻飘的女子，那些手执扇子气宇轩昂的男子，尤为他欣赏。于是，我们家的墙上，就有了那八幅年画，名字我已经忘记，但题材仍然记得，画像上人物也记得，诉说的是一个主题，现在记起，无非就是公子落难，小姐相救，后花园私定终身，中间一行人阻拦，最后得状元，有情人终成眷属，简直乏善可陈。可是当时真是新鲜，我喜欢那戏文，一行行都是对仗的句子，我读来似懂非懂，还背了好一阵子。那故事在后来总让我想到知青下乡，"村里有个姑娘叫小芳"，也就是那后花园的女子，"长得美丽又善良，辫子粗又长"，但也只是落难书生的一段慰藉，最终花落水流红，各自保平安。不过看到漂亮女子手执罗衫，扭动腰身，隐于花枝边，与俊逸书生相依偎，我也不是没有幻想过以后的爱情的。这些红男绿女的故事，虽然无非就是如此，但比财神爷手捧金闪闪的元宝盆笑嘻嘻站在壁上更吸引我，毕竟，人需要爱来成全，而不是钱财。然而这样的领悟，必须是在多年后，准确说，在此时，在三十岁独自过年想起这些的时候，才知道当时看到这幅年画的怅然，为那爱的辗转，洒过一些眼泪。以后，以后呀，我也爱了，我也恋了，悲伤有时，坎坷有时，欢爱有时，最终作鸟兽散，王孙公子无缘。

我不喜欢当今时代感很深的年画，总觉得歌唱大过写意，让人厌倦，可是有几幅表现时代说日常景象的年画却印象深刻。一幅是关于双子猫的，两只可爱的小猫，让人都想伸手到墙上抱出来。还有一幅是丰收图，浓郁的生活气息挡都挡不住。当然，也许这只是我的想象，是我对幸福的一厢情愿，我在这里描摹并写下它：北方风景的样子，远处青山与晚霞相伴，高高的麦秸垛，石碾在院落屋前。有个男人在打谷场上扬糜子，仍然能感觉到空气中有微风，木锨翩跹；有一个老妇人坐在麦秸垛前，正在用一个大筛子糠皮，大约是要做枕头；老妇旁边有个小女孩，许是她孙儿；女孩旁有只大黄狗，毛长肉多；狗尾巴后面有只猫，卧在筛过的糠皮上。几只公鸡和母鸡正在远处的碾道旁啄食散落的粮食，有麻雀和野鸽子在头顶盘旋，也在寻找吃食；似乎远远都可以听到打场的人在唱，他大张着口在对着天空高歌，我想那应该是信天游。爷爷打场时就会唱信天游或山曲子，往往，我们睡下了，半夜里他还在扬场，图的是夜里月好风好，赶在秋深下雨前，将糜子谷子黑豆从苗子上脱落，收入粮仓。年画对现代生活总是惯于歌唱，劳动人民肤色太过健康，白云蓝天太过美好，难免与饥寒交迫的现实形成对比，让人绝望，然而那样的期盼毕竟能让人对美好生活产生向往，毕竟，挂在墙壁上的年画应该是祝福，而不应该是流民图，人人都恐惧颠沛流离的生活。这样想，对我少年时代家家户户一团和气商量好了一样挂一些"盛世祥和"图，也多了一些理解的同情。对我自己这样的理解，我也是同情的。生于斯世堪惆怅，雾霾一起心彷徨，我在西安的雾霾天里，在2016年的腊月里，想起少年时代的年画，写下这些，怎么能不感慨。那时候贫于物质却富于自然，抬头见喜，尚有美满的云天可呼吸，可展览。现在，对面高楼隐于一片雾霾之中，我住处，天好的日子，视野尽头秦岭山岚脉脉情深，但冬天，哪有这样的脉脉。为躲避雾霾，我已经连着三天没有出门。

  小时候，看到"抬头见喜""出门通顺"这些年画，感到庸俗，尤其是大红牡丹大白仙鹤恶俗地映在一面墙上，总觉得难以忍受。那时候不知道蓝天白云就是喜意，出门牛车处处，骡马处处，人活在一种自然的祥和里，就是通就是顺。而今，一个人在外十年，在异乡的小村子小镇上遇到卖年画的摊子，总会停留一会儿。一直以为早就厌倦早就想放弃的生活方式，在不知不觉被远离之后，忽然有一天却成了我的念想。我现在买东西，也会买一些鲜艳色彩的东西，为的是图那抑制不住的喜意，暗示着自己要快乐，要欢欢喜喜，大约也是受了年画的影响。对于有棱有角的东西我会多一份警惕，欣赏建筑或者衣着，甚至是被单，要圆而不是尖，毕竟，生活也是圆比尖稳妥些。日子总是要过的，祥和的，祥和的……

小城笔记

一

　　起名小城笔记，是给别人看的，对于我，则只是一条街的灰烬。它叫府谷，府是别人的府，谷是饥饿的谷。它也许还可以叫别的名字，谁知道呢，我必须说出这样的话，为着保险，多年之后，为了治愈自己的自卑和敏感，我写下这些，却还是充满忐忑，怕当年的寒光从那座已经远离的小城扑出来，吞噬我。一定有很多孩子，如我，即使走在成年的路上，还是会不安地回头，怕少年时的恐惧追过来。

　　那座县城在陕西的最北端，叫府谷，属于面向西跪着的那尊兵马俑的帽子的帽棱，街道沿河而建，商铺在两条街上，人家住在山上。黄河如果不断流，溯河而上，就可以到达这座依山为城的县城。旧县城遗址就在黄河对面的山崖上，现在，遗迹还有千佛寺，还有旧城门以及翻修的仿古长城，临河观音低眉，是近些年才立起的一座雕塑，落了一层灰，却仍然替人受过，穿着肮脏的白衣日夜守在那里。寺里有过一些女尼，一次又一次被杀死。

有人说这山是不吉的，因为，其背后的五虎山，关押着小县城的犯人，也一度疯传，枪毙犯人就是在这里。在此之前的八九十年代，砍头示众，都是要拉到河滩那里的，让犯人跪在沙土上，然后，等待着枪响……我们高三时候比我们高两届的一个男生边向军，因为泼了校园里两个女生硫酸，最后被判处死刑，应该就拉到了这里。那时候这里应该还只是一片石头坡，有一些黄土，黄土上长满了荆棘。还记得警车开过学校前面一道街时候的喇叭呜咽，老师们脸上呈现出兴奋的恐怖，他们暗暗低语："今天要枪崩了。"那个学生还是我所厌恶地叫凤的政治女老师的得意门徒，她曾经让他来给我们讲如何做一个优秀学生，他在黑板上走来走去故作潇洒地去一次次摸头发的样子我还记得。——不知道她是否还记得他。死去这么多年，连一个墓堆恐怕也没有，但他仍然活在一届又一届学弟学妹们的口中，让他们感觉到恐怖。

这个恶向胆边生朝两位女生泼硫酸的男生，有一个贫困的家庭，据说他为了过年，还去偷过人家的牛。许多人说起这一幕，觉得他是孝顺的，只是家境贫寒。不过，被他泼硫酸的两个女孩子之一，最严重也是他最爱的那个，是当地银行行长的女儿。很不幸地，他一审被判死刑，二审被坚决执行。人们纷纷议论着，如果他泼的不是行长的女儿……现在他已经死去很多年了。那些喜欢他的老师，自从他犯案后，也一直羞于提起。

在地图上，府谷作为帽子顶端那一截，实际亦是装饰；现实中的府谷，也是山高皇帝远，很少有文士对这块地方的山水进行歌颂，也没有纯粹的风景艺术家，对它进行描摹，而匍匐在这片土地上的我们，是渺小的蝼蚁，由于怕被可以标注化的中心抛弃，我们硬硬挤入陕北文化之中，让"陕北"这个全称统摄掉我们的不同。

实际上，这块土地保留着黄土高坡的简陋，和所有被书写出的陕北文化是不同的。那些狭窄的街道，短墙低炕，那些旧烟囱，随时让人想到这里是化外之地。

其实我可以写的诗意一些，但是我很怕别人评论我，用一个"怀旧"的字眼，很怕"今不如昔"的表述。人是那么可怜，无论脑海里想起的是奥斯维辛还是南京大屠杀，只要你想起，就会被定义，不满意"现在"就是怀想"过去"，就是"怀旧"。仿佛因了记忆，那旧日子是好的，闪闪发光的，实际可能很坏，至少不会比现在好。但人们要活下去，贫穷的评论家要活下去，所以，只要你在时间的河流里追溯过去，你就被定义在为曾经的岁月唱挽歌。

无论什么时候，想起那里我总是觉得很凄凉，回到那里却让我倍感孤单。

我的这种凄凉和孤单并不是偶然形成的，而是一直有，我故乡的那座小县城，对我冷淡的犹如任何一个陌生的地方，其实包括我故乡的那个市，对我也冷淡的不如任何一个其他我陌生的地方。若不是我祖母的坟茔在那里，若不是我一些血缘上的亲人还在那里，还可以洒扫庭除给我这个已经选择自我飘零的人一个住处，即便我因公事回到那里，我也还是要到旅馆去感受自己的茕茕孑立。

我的家在离县城的一个三四十里的村子里。黄土高坡千沟万壑，山路崎岖，即使是现在，两条路从县城通往村庄，但也还坎坷不平，要小半天的工夫。何况坐在汽车上等汽车开出，也需要个把钟头。旧年住着的那个村子，已经半凋零，新农村建立在沟里，我几乎没有住过。从前到县里，必寄居在亲戚家，嫁出去的几个堂姐在街上住着；现在回去，不住宾馆就是住已出嫁的家姐家里。而我的村庄，旧村多半毁弃，尤其我原来读书的小学，蒿草半院，木门颓坏，学校废弃，旗杆歪倒，房子塌陷。人们搬家新农村的房子里，丢了老人，丢了猫狗，丢了羊圈与猪圈，丢了院子。还有什么呢？丢了童年。我自己也在不断地拆毁我的朽破的童年记忆，然而并没有我的新农村，我亦不可能再重新建设我自己的村庄。我也在拆毁我的初高中岁月，那些滩涂，沙子落到水里，文字是稀释过的海洋，一脉的温情的背面是尴尬和不堪，这就是真实的生活，我应该如实工笔般记录，并不是向岁月讨伐，连我亦是自耻的。

我出生在叫府谷的街，已经记不得我从府谷街回到我祖父母的村庄是几岁了，自那以后我就在村子里长住着，上了小学一到五年级，中间断断续续有过不读书的一些年月。接着六年级，到了另一个村子；再接着初中，到了叫清水的乡，中学叫清水中学。然后我到了同创高中，为了省钱，进了这所可以免除学费的私立高中，由于分数考得好。可是，很快，半年之后，囿于没有任何人际关系可以"折腾"，一些免除学费的孩子由于"投资学校的人"找的种种原因，需要补缴学费，我就搬离了这所学校，进入了叫府谷的中学。

那些年我过得很忧郁，尤其我的高中岁月。

"余处幽篁兮终不见天，路险难兮独后来。"

在后来的书写中，我几乎从来没有记起过这段岁月，父亲的亡故是可怕的，但现在回想起来，比父亲亡故更可怕的，是高中的这段岁月，它横亘在我生命的长河里，幽明分硕，而我很可能一路往幽暗的深渊去，对于活成现在的侥幸，我丝毫不觉得庆幸，因为肯定有一部分的我自己丢掉了，被砍杀在那里，溃烂不堪，那是我的前身，当我重新置身于那样的场景之中，我依然无法拯救，无法带着被自己埋下的自己的一部分离开。

多年之后，当我每次回到这里，我都有一种要避开这所中学行走的冲动。自从离开之后，我再也没有进去过，而且以后也一次都不会。没有任何留恋。很多人在感激他的伤疤，因为正是这些伤疤磨炼了他；也许一些人还在感激他的杀父仇人，因为正是血债血还的意念锻炼了他的坚毅和刚强，但我不是这样的人，我不是个在新鲜的伤疤上寻找怒放花朵的人，我缺乏这样的功力。没有恨，甚至也没有怨，只是淡淡的但自己都可以明显感觉到的蔑视。对于这座县城，我最恐惧的就是这所中学；记得最清楚的是小时候父亲带着小姐姐去达成木头船的情景，黄褐色的水缓缓流着，波浪抛下我远去，我坐在岸边等着，有时也丢一些碎石头到黄河里去，努力作出快乐的样子，看那些石子溅起的水花，我不能咒任何人死掉。尽管，没有过几年，我的父亲死掉了。可是，生活里就有这样的事情，心上的伤害来自你应该爱的人，他们才可以对你下刀，因为他们可能并不爱你，至少在一种对比关系里，你不是必不可少的那一个。所以，在一种平衡里，父亲带着他认可的小棉袄去乘船了，我被撇在了岸边，撇在了一群喝酒和打牌的男人堆里，他们当着我的面解开裤子在河边撒尿，比赛瀑布的声响和远近，说着我听不懂却应该低头的荤话。就如多年之后我深爱过却抛弃我的恋人一样，他说他是瀑布，我看得见那声响，我在心里说我自己是银河，嘴上却急于解释自己的爱意。这种挫败感一直在，严重的丧失感，在我早年就存在了，也许早在我被孕育在一个叫母体的子宫里就存在了。

以后的一些年月，我也逐渐懂得对这些裸露真正低头，甚至，因为看见而羞愧，而无法释怀，而……

　　说出这些禁忌的东西时，还不得不用文学的笔法为之涂抹上一层飞扬的色彩，这是多么无能，但这是集体的无能，应该不是我的，至少不只我一个人。台湾女作家林奕含《房思琪的初恋乐园》里有写过，但那只是个帷幕，只是打开平时不让打的那扇门缝。就连我最尊敬的老师，在我说出一些女孩子是被引诱的时候，他说是功名利禄让这些人主动。"文学的功名利禄？"我诧异到无法回话。一些事情，男性与女性天生有鸿沟，他们永远无法理解那种黏腻感让人在岁月里不断涌起的呕吐，一种自弃由此产生。

　　威胁和引诱，对于女孩子——女人，悄悄地不知不觉地进行。文学作品里这样描写："玩弄少女的芳心。"这是存在的。少女不知道。除了多日多年之后逐渐明白，涌起一阵耻辱，还会有什么？即使是我最爱的那个人，躺在我身边，对我说出多年之前大巴山的一张桌子上语文课本边缘不断流出的鲜艳的血，高个子的少女，面目模糊的中学女孩子，爱着他口中的托尔斯泰和毕加索，爱着他粉笔流溢的光……那时候我并不知道，殊途同归，我也不过是食物链中间的一只，并不唯一。那是我在人世的第一次爱情，以前没有过，以后也不会了。我以为我被一个人爱着，小心翼翼而奋不顾身。

　　几年之后，通过一个自杀的台湾女作家，二十六岁的林奕含，我认认真真地一个人待在房间里，学习会了"诱奸"这个词。一些事情发生的时候，你永远不知道你经历了什么，即使结果摆了很久，你依然不明白，怎么可能呢，那样浓烈的爱。你是一点一点懂了的，猥亵——诱奸，对于年轻女孩子，更为年幼的女孩子，从来都一直存在着。这是禁忌，人们不约而同沉默着，甚至成了床上的点缀，殷红色的流光，红墨水？一个女孩子，撕裂着流了很多血，我的恋人对我说出,他笑着,阳光斜照在他脸上,是上午十点,我仍然记得那个房间。以后我再也没有进去过,那个房间。一间我自己租来的房子,他躺在那里,一次又一次说出。我那时候不知道,那是幼女,初高中的孩子,还没有上大学,一切都没有展开。老师是神圣的,在她们那里,贫困山区。他说是个高挑的女孩子,对他很崇拜。他把她压在一本语文课本上,桌子为之震动。他说了什么呢?那么嫩,磨尖掐尖,一部小说的名字,三月底的香椿,四月的蔷薇,五月的石榴,啊,少女……他不可能说他的苦恼,只有洛丽塔,只有安娜卡列尼娜,只有张爱玲,只有林黛玉……一间教师办公的房子,墙面上贴着塑料画,林黛玉和贾宝玉,粉妆素裹,在花丛间的大石头边坐着。他指着画说了什么呢?显而易见,一切都发生过了。恋爱着或被引诱走进恋情的女孩子,会以为那是唯一的,自己是唯一的,唯一的拥抱和亲吻,唯一的挤压,蓝天落在大地上,你投进我的光波……

他把她的衣服撂到脚踝处,让她的身体成长,他说她是她的。那一年,他大学毕业第一年,也或者第二年,是1992年,或者1993年。这样的事情在二十年后,同样发生着。他对她说应该享受,要她知道作为女人的快乐,要让她快活,不是痛苦的快感,而是快快地活着,要让她赶快进入中年,进入彻底的女性的享受期,进入黏性物质年代,要她感激他如此卖力地晃动,要……

这些沉迷于语言的女孩子,沉迷于文字的女孩子,脸部泛出红晕,再也没有消失。她们听见了她们在人世最早的情话,和着她们的疼痛和血液。我一直想去探究他的真诚,念念相续,念念断绝,一切都已经是明白了的,我仍然在那里研磨,爱情到底有没有存在,几分,几滴?

他会说:"这是爱你的方式,你那么好,配得到如此的享受，你身为女人，要知道做女人的快乐。"他说的比这更多，功力来源于他多年前作为中学语文教师的能力，滔滔不绝，在人前的授课亦然，那些经常进行的讲座。在这个时代，语言的唾沫无处不在，聪明的人早就懂得如何让唾沫闪光。艺术和文学都是杀戮的共谋，"两情若是久长时，又岂在朝朝暮暮"，这是嗜血的；"庭有枇杷树"亦是嗜血的，"十年生死两茫茫"，也无脱这样，"三因老丑换蛾眉"，这也是嗜血的浪漫。可是需要很多个日子，很多个夜晚，很多次独行，没有这些就无法明白。

就是在叫府谷的这座小县城，我们班漂亮的叫李瓶子的女孩子，男同学们说："她是数学老师的女儿。"就是这句话，令我低头。我知道颔首，微微的倨傲，带着某种顺服，是因为看到了不该看到的，当我推门进去想把数学作业放到桌子上的时候，我看见了后地靠柜子的床边，她蜷缩着一朵将要开的花坐在他的腿上，坐在他肉身做就的土壤上。生活时时在教你开悟，那是我转校到府谷中学读书的第一个月。以后的课堂上，他用微笑或沉默，直接或间接地，向我投射着目光。一种关切里隐藏着威慑，我不是不懂得紧紧闭上嘴巴。

关于这些禁忌，我能写下的还有，村庄里王姓青年的突然拥抱，办公室男老师拉开上衣拉链时候耳朵的发烧以及高中的这些突然撞见，大学时代校园门口网吧的固定露阴癖，博士校园图书馆的男体自慰动态图……

最早的启蒙，就是那间办公室，现在看来小小的空间狭窄光线不足窗子都是靠红白纸糊着的办公室，他对我们一个一个女生进行检查。同学家的三姐姐说："我们那时候也这样，他总是握着我们的手，一路往上撩，雀子飞进袖筒……"在戏台边，三姐姐似乎厌恶却又不忍说出的表情，让我瞬间觉得这是不好的。她比我大一级，又比我同学大三岁，她懂得。她对我们说出。

下课了，我们实在是太喜欢他了，我们围着他，包括那个腿有残疾的女孩子。她坐在他的办公室，只要有机会，一直坐着，目光娉婷。她比我们大，比我们美，比我们腿长，笑起来花儿一样，是一只蛾子，有着彩色的翅膀，得着父母的偏爱，穿着漂亮的略显成熟的少女的粉红衣服，领口处绣着蝴蝶，浅浅地露着少女的乳，那一袭烟岚白，就在乳房上面，颤动着。下课了，我们就会涌进去，他坐在窗前的桌子边，批改着作业，享受着这样的围拢，握着这些递过来的小手，将她们抱在怀里，偶尔用胡子戳戳她们……

男孩子们站得远远地，带着恨意。男孩子们说以后要杀了他，说他偏心。

女孩子们互相吃着醋，攀比着拥抱的次数，抚摸的范围，以及，得到他的几次笑，谁得到的多。

后来，我们离开了，去了不同的地方读书，有的辍学，部分上了大学，工作了，继续深造了。我们见面了，说其他，不再说起他，不再像那时候一样不断说着他，所有都是他，他写在黑板上"的"字的圈圈，就像一个密集的拥抱，他朝向黑板那窄窄的金黄的背脊，他单眼皮下亮着盏油灯的眼。尽管，现在仍然有一些同学，还保留着那样的自己，写"的"的时候，勺子挤过去拥抱它的白，撇这一划被消除了，没有忘记这是他教的，用行动让我们模仿。（我也一样。）我们回避了这些。

他和我们见面，也回避了这些。这来自他的最早的幸福（心酸），朦胧的性意识。那时候，我们都想嫁给他，都羡慕着他的老婆，他的女儿。我们那么小，我们不知道，他对我们笑着，像一个放在身边可以随时转动的小太阳一样，暖暖的，他的手指戳在我们的额头上，亲昵，缠绵。我们被这样爱着，每一个，他抱起我们，抱进膝盖……

以后我看过太多这样的故事，真的太多了。我们那时候是享受的，又心酸，因为不为我们某一个人所专有，我们需要努力争取，表现乖巧，或，自以为是的妩媚，表现——女人态。那时候我们就已经懂得了。可是需要二十年，我才于模糊的独自一人书写时候的记忆里，辨别出，这是不应该的，甚至是肮脏的，我们被猥亵，被引诱。可是，我们当时认识这样的词，却无法辨认这样的动作，没有人会教我们，他也不会，我最亲爱的语文老师，他在讲台上写着古诗词，我们在下面模仿着他的笔迹，每个字迹都窈窕修长，就如他的身体一样，瘦薄，臀部窄窄的。那时候我们喜欢这样的男人，我们觉得最帅最美最好看的，就是这样。阳光打在他三十岁的脸上，和我现在的年龄差不多，他的心里到底在想什么。你告诉我你在想什么？你曾经那么让我们相互嫉妒无可忍受的时候，心里想的是什么？

我从来没有说出这些，黄河滩岸边男人们撒尿的声音，语文老师铁棍一样挤压着我们的双腿，数学老师的那间办公室，地理老师让我同桌的表姐打掉的那个小孩。那时候她还只是个高中生，在言辞里，被人们这样说出："小小年纪，骚的……和地理老师谈了恋爱，人家下放两年，她毁了，书也没有继续读，跑西安跟了另外的男人……"这是她表妹的语言，我的同桌。她说她在夜市开店每晚卖肠肠肚肚的父亲，不允许她拉上窗帘洗身子，因为："谁会看你，那么胖那么肉，谁会看一堆泥？"那时候她十七八岁，一百五十六斤，走起路来身体摇曳，那些到处膨胀的肉让她看起来像个妇女。她还说菜市场卖碗饦的老汉，总是盯着她的胸和屁股,她骂他猥琐……那时候我不太懂得这些,觉得是她自己太敏感了。

她一直嚷着要去石家庄一家封闭式减肥机构减肥,要变成"大美牛",她属相为牛,她以此自豪。石家庄那所有名的减肥机构的名字,被我多年之后现在写来忘记了,但是她说电视上有的,效果很好,她肉肉的下巴挤着,一次次说出这个减肥场所。她说她是漂亮的,带了小时候的照片给我看,一个白白的肉嘟嘟的女孩,那时候就缀满了婴儿肥的肉。她说她的表姐妹也是漂亮的,梳着刘胡兰发型,眼神亮亮的,"正因为如此,教地理的樊老师才上了吧?"她猜测着,用着否定又肯定的语气,看着樊老师走出教室,她盯着他的屁股说。我盯着她的脸,努力在那上面寻找她说的漂亮表姐的样子,看得出,瘦下来之后她也会是漂亮的,因为眼睛也一样明亮闪光,像蛱蝶在里面盈盈地飞,皮肤白皙,个子一米六七,瘦了会有韵味,如班上叫李瓶子的女孩,瘦而妖娆,"既含睇兮又宜笑,子慕予兮善窈窕"那是数学老师的菜,几年之后沾着他的光,到陕北一所大学读了书,据说还没毕业,就嫁给了那里的煤老板二代,发在空间里的照片,已具初老模样,却有着不同于高中时代的少妇身形,一只熟透了的水蜜桃,眼看着要走形。我想象她瘦了的样子,觉得有点嫉妒,因为分明是《流星花园》的杉菜,圆圆脸,眼睛流光溢彩,再加上浅浅的酒窝堆满两脸颊,像一只只酒杯,谁都要醉的。她那时候的痛苦却不是我可以体会的,一方面是丰盛的肉食,家里的夜市每晚必定剩下一些猪下水,她的吃食丰裕,比住校生品种多多了,一方面却是肉身的折磨,陌生人的窗口窥视,甚至,她的父亲……她没有直接说出来,但一次次,通过那些"猪手""我爸爸才是黑山老妖""我觉得一天都不要过下去""你们住校多幸福""经常摸我肉"的词语和句子,我堆砌了她所遭遇的黑暗,不可说的深渊和裂缝。在那所县城,我们都是溺水的人。后来的这十多年,彼此毫无消息,不知道她减肥没有,值得庆幸的是,时间终于可以将她度到没有父亲的那一面,她会离开,这个父亲会死掉,生活在那时候,远没有展开,还会有一些痛苦,甚至更大,让她寻访这些旧日的黏腻,不断从蛛丝马迹里,审判自己,也审判别人,尽管这种审判是无声的,不再有任何沟通和交流,可是,很多人在进行,是法官还是罪人。

这些禁忌,这些尴尬,来自别人或直接来自我,这些让我一次次低头的事情,我从来没有写出。这些不被允许却又像猪油一样黏在脑海里的事情,让你觉得怎么去忘记也是不舒服的,你被你的眼睛欺骗了,你被你的身体欺骗了。回忆起府谷小城,忽然想起这些尘封的结实记忆,一摞摞厚重的书,搬起又放下,既有体积又有重量。

选择回想起这些还让我觉得忧郁,也许这和我一直想彻底逃离那所县城有关系。什么都不要了,坟墓也不要了,他们是他们的,他也是他们的,不是我的。我走掉了。就是那些我扔出去石头溅起的波,带着我顺水而下,走到别的地方去了。那时候我就已经暗暗积蓄力量要跑掉。结果也如我所愿。——然而我并没有因此快乐起来。

二

我们家在县城的那几年,我并没有和父母住在一起。再后来我就被送回放羊种庄稼的祖父母身边去了。我们住在爷爷的父亲搬来的王姓村子里,家里有很多人,有很多牲口。平日里,我主要和那些愚笨沉默的羊一块儿生活,我喜欢它们。有半年时间,我现在已经死去四年的头脑不大灵活的大舅照看着我,因为祖母要到地里去干活。然而有一个傻子在家里总是不大好的,何况一个人的饭量虽然不多,但在农村,绝对是负担。于是,大舅就回家了。我那时候是个三岁左右的孩子,并不知道什么是温暖,什么是离别,但营养不良是明显的,三岁了我还不会走,头光秃秃的,母亲赶我离开,却还送了一堆汤药让祖母回去给我熬着喝。不过祖母把那些汤药带是带了,她回家就倒给了牲口,她说三岁的孩子吃了中药会脑子坏掉。周围村庄就有这样的例子,老中医为了给自己的孩子补身体,开了中药,结果成了傻子。"没有头发又死不了,尼姑还秃头",这是祖母的原话,她已死去七年了。

  大舅舅在的时候,我被用布帘挡着,放在衣柜前炕上那一片,不见光。大舅回去之后,我就被拴起来了,是狗,有时拴在炕上,有时拴在院子里。我脸上有好多疤痕,都是拴在院子里被那只喜欢咬人的大红公鸡咬的。不过它最后被小叔叔杀了,因为它咬小叔叔喜欢的村庄里的女人的孩子。那家后来搬迁走了。其实一共两只公鸡咬人,一只不知道怎么死掉了,一只反正被小叔叔杀了。虽然那只公鸡咬我,但是杀它时候让我觉得很失落。它挨了两刀。第一刀下去之后,它还流着血蹦出了老远。第二刀下去,它倒也又蹦跳着跑了好一会儿,但完全已经没有任何希望了。"形天舞干戚",刑天也许是只鸡,割了头还可以跟虚无战斗很久。

  我在村庄的日子就是这样,阴郁萎靡。然而我的祖母经常为我叫魂,她是有神庇护的,什么都不怕。因为我的祖母亲亲近神,所以她经常带着我去看跳大神。她觉得我身上阴气重,应该被顶神的人冲冲。于是,村子里赵伟老婆顶的神,我大姑姑顶的神,在她眼里都成了我的庇护神。

我小时候如果说有快乐,就是看别人跳神快乐。而农村里跳神,是可能出人命的。因为只有一个人有非常重的病,神仙才下马治疗。所以,恐惧和欢愉同时跟着我。

在别的孩子面前,可能童年记忆里是父慈母爱,在我记忆里,就只有跳神。

对我的县城,我并不觉得有什么热闹,在那里,我从来没有阔达无边的快乐,那里的我是有限的,那里的天空和大地也是有限的,十分阴暗,十分干冷,从天到地都是土灰的苍凉。然而,与我相反,那些从小在县城生活的孩子,和我读的一样的高中,他们靠着父母的关系直达首都,然后靠着父母的关系在北京读书的时候就既买了房子也买了车子,他们对我说:"府谷才真是漂亮,你不知道那四合院的故事,你不知道曾经有多么辉煌。"还对我说:"以后养老,就要回府谷,闲着时在小巷子里走,天高云淡,想喝黄酒喝黄酒,想吃烧烤吃烧烤,想晾嗓子,就到人家村里唱两首信天游……"我从来不知道,原来我府谷也是一个说来让人向往的地方,原来我的村庄也供着人怀念。

我写这些,并不是神往于故土的荒凉,对那座忧郁的黄河边的城市,我并没有多少留恋。然而,文字令我踟蹰。

有十年时光,准确说,已经是十一年,我回到那里,不想买东西,也不想拜访任何故人,我的通讯录生活在这块土地的人屈指可数,即使高中的微信圈里将我拉进去,我也从来不发一声,只想着退出,但时至今日,我还没有施行这个举动。朋友圈里,暴发户和政府官员的孩子们,已经进了省城和京城,做着下乡村干部或写着党建的文章,走在一条光明的大道上,他们对我依然怀有一种居高临下的藐视（同情），另一些，则在当地当了公务员，有派出所、有煤检站、有公安局。一些漂亮的女孩子，做了其他男同学的夫人，比如群主太太。其他的呢，当了县城小学或初中的老师，混得好的，进了我所厌恶的这所中学，当了高中老师，分到了一百二十平的房子，过着我所厌恶的地理樊老师和政治郭老师的生活，生着孩子，教着学生，努力地发着教改论文，一篇又一篇。当他们说："你大学毕业如果时运好，回到这里还可以当高中老师分到一套一百二十平的房子呢。"这样的"如果"也许只是一种客套的安慰，然而依旧让我难以忍受，我连这样的比拟都觉得难堪。

有时候，即便我只是为了散步，我也会去沿着河滩的地方，尽量避开在繁华的一道街上的这座中学。在这所学校，当时的校长说过这样一句话："五千多人的学校，随时都会死学生的。"人们当作英雄主义一样宣传着这句话，也同时宣传着那些死去的孩子们的故事，每一件都令人害怕。一些永远死掉了，一些进了精神病院。

在这座西北城市，深夜里，我曾经有好多次踟蹰地一次次走过黄土飞扬的大街。我倾听它的颤动，感受汩汩血流涌出街面。这里的人怎样的生怎样的死，怎样构出我心中悲哀的故事……这些都令我在想象里热泪盈眶，好像我与这块土地的苦难相依为命。

这块土地充满了太多的不幸和痛苦，而我并不爱着。

现在，很多个夜晚，我仍然踟蹰于这座黄河岸边黄土高坡的小县城，梦境里，我一次次垂头丧气走回去。

一直以来我都是卑微的。

不是自卑。我看不起任何衣着光鲜从容自如胜券在握的那些成功者。我喜欢那些身上处处体现某种缺失感准确说施挫败感的人，我喜欢人群里这些同类。

我从来不善于撒谎，我认为生活最大的谎言就是真实，真诚是一种武器。

这是一个真实的故事。

我虚岁八岁，上学。十二周岁进入初中，叫清水的中学，在乡下，雨天的时候要每个周过一次河才可以到学校去。我在那所乡下的初中读了三年，然后到了县城。那时候我的家人对我接受教育抱有的敌视态度没有后来多，绝对没有高中多。那时候他们也许想着我的读书可以为我以后的彩礼加一些分。他们并不希望我读书，但也不太强迫我不读书。那时候我有一个不错的成绩，可以说，很不错。不需要买任何课外练习册，也根本买不起，亦不会有任何的课外辅导，我的成绩还算可圈可点，年级前三，中考第一。毕竟在乡下，没有人家好读书。三年之后为了省钱的一项错误选择，让这一切都改变了。

我十五周岁进入了县城的中学，就是说我从一个村庄到了乡镇再次到了县城。我的父亲在我五年级下学期就去世了。我考上的是府谷中学，算县城的重点中学。可是，并没有人援助我在这所中学读下去。我带着一种模糊的要独立的渺茫希望以及对未来的欢欣，走进了这座可以对考上重点中学免除学费并且有一笔奖学金的学校，开始了自己的险难生涯。

学校建立在县城郊外的一片土地上，周围车流人声，接着往后是庄稼。校园是新的，住所也是新的，我属于第三批进去的学生。宿舍是简陋的架子床，一个宿舍住八个到十几个人，不等，宿舍外几乎没有花草，更别说什么树木了。比我在乡下上下两个院落的初中差远了，那个初中的山顶上还有座庙宇，在室内可以望见对面山坡的野花，贫于物质而富于自然。这里是什么都没有的。教室阴暗，宿舍阴暗，在这个八百人左右的校园里我是那样的寂寞。

更为寂寞的事情在几个月之后的期末考试时对我这个初来乍到者展开了。

学校是当地做煤炭生意的暴发户开的，暴发户聘请的校长三两天换一次人，暴发户的侄儿和我们一级，与同学们吵嘴，第一句话就是说："你知道这学校姓什么吗？姓材。"于是这也就成了新鲜的段子，大家都知道学校姓材。当地还有一个煤老板，也是如此的快意，对于前去应聘的硕士博士说："你有才，我有财，看你的才烧得快还是我的财烧得快？"不过，这两个前后风靡起来的暴发户后来都相继得了癌症，当然现在还活着，但风水轮流转，他们的豪情已由光芒万丈到偃旗息鼓了，不过在当地人心里仍然是传说。他们的后人一事无成，傻的傻，死的死，哈料子的哈料子，吸毒的吸毒。

在这样的人治理下，学校的制度朝令夕改，如同空设。学生的来源也是不同地区不同年龄的。一条黄河隔着两个省的县城，河对岸是保德，河这岸是府谷，为了招收到学生，学校到河对岸比府谷县城落后的保德县招了一些往届生和应届生，帮他们解决户口和考试问题，允许他们在我们县城参加高考。因此，我们班上大约有一多半是保德人。整个学校学生保德府谷差不多是一半。学生的年龄也不等，有些是从高三回头重读的，有些是复读的，他们一些改了名字，一些甚至连出生地也改了，拥有了别人的学籍。学生倒也友和亲善，固然因为两个县城有矛盾，学生也会有矛盾，但是为了护住这些外来的生源，学校会对他们提供很多便利。然而私立学校是要营利的，对保德生来说，并不享受过多的免费政策，因为他们中考不是考的我们府谷中学，但是学校实行了行规，要依考试成绩来划分学费，也就是说，本来一年的学费，如果半年之内，在成绩和纪律上出了问题，就会被取消免费，与此相应，自然随着年级增加，免除学费的名额也大幅缩短。

学校对那些记录在册免费的学生是非常关注的。那时候县城除了府谷中学就是同创中学，麻镇中学在乡下，几乎没有人去，都是差学生，我如果去那里家里绝对不让我读书。还有一个职业中学，家人也决计不会让我去，我也不会去那里浪费口粮。而进了同创中学，半年稳定下来，就根本不可能有通往府谷中学的理由了。进府谷中学是要花高价的，而凡是正经考上府谷中学去了同创中学的人，都是穷家庭。就是在这样的情境下，学生开始对这些享有减免学费的好学生开始设置取消这种好处的理由，因为由好学生带领一部分生源的目的已经达到。

学校是私立学校，对教师的引进也是有特别规定的，许以各种诺言，进来之后卸磨杀驴。因此，教师们也是拼关系。学生相互倾轧，教师也相互倾轧，教师对学生亦然。在高中我上的不是文化课，而是过早学习了一门人世的各种钩心斗角课，世界的丑陋由此展开。如果说高中之前还对人性报以希望，高中教育完全盘剥了我对世界的期待，由此进入了多年的人生黑暗期，直到到了南方，才一点一点血清一样地洗掉这些过早注入我生命的毒液。然而，我生命的灰色就此被种下了，我整个人生的绝望也就此展开。

三

就是那年的期末，我成了一个牺牲品，八百元学费的一个牺牲品。

"雷填填兮雨冥冥，猨啾啾兮又夜鸣。"

已经记不得是上午还是下午，开学的第一天，忘记是谁具体通知我取消我的免除学费的好处。当这个消息被学校的一个管事的告知的时候，我整个的人被击倒了。虽然，我还只是一个十几岁的孩子，但是我很明白，没有条件可讲，和这些穷人是讲不了条件的，他们给出他们的理由，就如狼给出小羊吃掉羊妈的理由。我知道名单上不只我一个人，而是一串，但关于我的理由我还是设法去弄了个明白。我大一的文字，高二进入了语文试卷；我大学毕业，已经发表了一些作品；我后来读研读博，英语考得很不理想，都是专业帮我闯关，而专业，一直是文学。可是我当时不明白，我居然倒在了语文成绩上。

给出的理由是期末考语文的时候，抄袭。

这是监考的女老师写上去的。名字叫什么我已经忘记。

之所以出现这非常恶劣的一幕，是因为坐我后排的是保德过来的学生，比我们大很多，名字也已经忘却，理科很好，文科差，语文自然是不行的。他在考试的时候半站起身子，看我的阅读题。

我们家从来没有书桌，所以我们从小都是爬在炕上写作业的，这毛病一直持续到我大学。我在写作文，斜坐着写，他也许刚好立起半个身子能看到，但也未必。就因为这一幕，我，这个学校减免学费的人，被一个名字里有兰字的老师记录了，如果我没有记错的话。之所以隐隐记得这名字，是因为喜欢兰花。那是一个已经不再年轻的女人，但也不算老。然而对于一个高一女生来说，一个女人如果三十多岁，就已经算是老的了，而这个女人目测三十五。我对她当时和现在都没有什么印象，只记得个头矮小，面黄，瘦，但目光尖刻，如我以后遇到的几个高中女老师一样，她们的眼神藏着冰。

就这样，我被她记录了。对于她的事情，我还记得一件。小县城到处是桃色新闻，她也难以避免。这消息来自一个数学老师的亲戚。那数学老师非常出名，在我们那个县城，但是人品就得另说，因为公立学校的教师不许到私立学校兼职，他做了这事，被府谷中学开除了，但就因为他自己的声望，他带走了一批公立学校的教师，因为他在这里做了副校长，许以其他人各种好处。然而上天并没有继续成全他的威望，他最终也被这所材家的学校拖欠工资，就如我当时的班主任一样，被拖欠了近两年的工资，终于成为永久欠款，那时候这所学校已经倒塌了。当我的班主任，也许因为愧疚，多年之后辗转联系到我，对我说出这些，我居然生出一种隐隐的欢悦之情。桃色新闻无非就是，这女教师是数学老师的情人，因着他进了这所学校，也因着为了让他获得好处，要抓一些"典型学生"，以取消他们减免学费的资格。

很不幸，我成了其中的一员。

我没有进行任何讨价还价，也许问过一句："必须这样吗？"得到的答复肯定是明确的，不留余地。与虎谋皮绝对不可能，和狼是无法谈判条件的。于是，我开始去往府中。当时抱的唯一的希望，就是我自己是考上府中重点班的，我本来就是府中的学生，也许有人会体谅一个贫穷的学生无可选择。

我之所以不进行谈判，是因为学校并没有多少学生，而几乎所有的老师，都知道我自己的文笔。那时候，我姐姐也在这所学校。虽然我进来就读才半年，可是举行过一场运动会，全校十个优秀通讯员的名额，我与姐姐占了两个。学校举行的作文比赛，我们也是榜上有名。而且，一直以来，我最擅长的亦是语文，直到后来读了汉语言文学，最后选择现当代文学专业，自己在大学期间开始靠稿费生活,到后来工作,从来没有吃过文字的亏,只这一次。

以我当时十六岁的心来接受这样的事变,当时只觉得自己无能,和对世界憎恶,感觉到成人是那么不可预测。也就是从这时候开始,我知道一切事情都是善变的,包括一切许诺,我们要凭着自己的感觉去相信,然后接受一切变数。

这是一门多么崭新的功课。一方面丢人,另一方面却又让我隐隐觉得有点兴奋。一生里有很多次,恋人后来犹豫不决的分手,给我的也是这种感觉。因为我知道一种状态要结束了,不管是好状态还是坏状态,我都将迎来一次变化。从此我开启了变数的这一门课,一直都在继续,突然之间,有人告知我,事情发生了转变,说定的事情南辕北辙,签下的字也不算了,海誓山盟等不来玉老天荒就自行枯萎失效了,过了保质期。我以一种淡漠的热情观察着这一切变化,所以,我一边痛哭流涕,一边又异常清醒。

在那间拥挤的宿舍里,又过了一个晚上。第二天,下着蒙蒙雨,我就跑到了府中的校长办公室。

谢天谢地。那时候府谷那个说五千人的学校,随时可能死学生的校长因为太老退休了,接着而至的是一个过渡校长,姓史,也快退休了,副校长则姓刘,年轻,长得像《不要和陌生人说话》里的安嘉和。我的姐姐陪我去的。后来她回校了。

我在那里站着,诉说我要转校的情由,无非脱离不了一个穷字,再就是保证以后好好学习。我一个字一个字听他口齿的松动,揣摩有没有转校的可能。

在史校长和刘校长的办公室,就这样磨蹭了两天。因为他们亦不能给一个明确答复,但显然是不拒绝的,尤其是史校长,他惊讶于一个农村的孩子居然敢闯进他办公室,提转学。多年之后他仍然说着这样的惊讶，那时候我已经博士毕业了，但他的声音还是立即把我召唤回了那几天。再也没有其他可能了，没有钱，就只有辍学，而一份婚姻和一个男孩在前路等着我，等着我的还有山村的某个男人，以丈夫的名义，会对我进行要求，做饭生活，也生男孩，当然，在此之前，我会变为一笔彩礼的交易品。我从来没有想过会过这样的生活，比起这样的生活，推开一间校长办公室的门，对我比较容易些。他不知道这对比吗？他应该想来这对比，但居然还是惊讶于我敢于去推开一扇门。

在多年之后，史老师忽然电话我，问我这么多年在做什么，工作了没有，我想起了他。在此之前我在街头碰到过他一次。

史老师当时动了怜惜之念，一个孩子站在雨中，贫穷家庭出身的孩子，面临失学问题，她并没有什么过错，她是考上了的。史老师是这样对刘老师说的，刘老师也是这样回答我的。然而，史老师的话里没有含有居高临下的同情，尽管他也表达出了这种同情，他说这是你能力问题。就如多年之后他电话过来，我在电话里感谢他一样，他依旧说的是这句话："是孩子你能力问题。"

即使如此，我也没有想着面见他。因为这座城市依然让我觉得冷漠，逃跑之后也没有生出更多的热情。

第三天，是个星期六，依旧下着蒙蒙雨。我拿着被分配进十五班的条子，去找十五班的班主任。

就是这个人，开启了我在这所学校的灾难生活。

他姓樊，我在这里不会写出他的名字，他是我高中时代的噩梦。我写这些并没有任何让别人不爽的想法，我只是想写出我自己曾经经历过什么。当我面对一条街，面对那个我生活过的故土，我曾经有过怎样的感慨，以及，心散意冷。多年之后，这一切成为一堆文字的灰烬。像大多遭受了创伤的人一样，我只是挤出毒汁，没有想过呐喊和讨伐，结果早就铸成。多年之后，陕北县城一个已经成年的男子，将匕首不断地插向就读过的中学的孩子们，图片上的殷红令我落泪。那时候，我们都还是个孩子……他也曾有他的孩子时代。送去精神病院的大多都是女孩子，自闭抑郁，或者，刀片在手臂的静脉和动脉上跳舞……也许这就是成长的忧伤，不分区域，只分年龄。那时候大家还都只是孩子。只是孩子……

说实话，我从来没有见过那么丑的人，脸长得像一只撅着嘴巴的鸟，爬满了麻子，穿着一身黑色西装，五十多岁的样子，眼睛像我村庄的耗子，机灵地闪着，很快，很迅速，眼睑一不留神就掉到地下去了，你捕捉不到他的眼光，一双犹疑狡黠的眼光，你看不到稳定，所以你感到恐惧。

他让我在学校里的走廊里等着，他去给我解决住所问题，因为临时校长给了他一张条子，他不得不做这件事。对于他，也许是第一次经历我这种外来转学的贫穷学生。其他转学的学生是有的，但比我有钱，我知道。学校的几座宿舍楼就是高价生盖起来的，三万，五万，按照分数和关系，都已经明码明价，没有什么不可以。

后来的日子也是这样，对待城市和农村孩子，两种待遇。城里孩子是住在街上的，偶尔也住校，农村孩子皆住校。我们有不同的统计和摸底，一年要做无数次，在小方格框子里，写下父母的名字，职务，写下亲属的名字，单位。这人生的社会关系课，我在高中就懂得了，权力、关系、面子，在一个个纸上的格子里伸出翅膀，越多越好，越远越好。我们那时候就已经被统一关在表格做就的监狱里，大家殊途同归，不过一些人永远也理解不了这种挤压。

就这样，他走了一个小时，又一个小时，中午我没有吃饭，下午我也没有吃饭。直到晚上，雨还没有停，他才出现了。

以后很多年，我的身体经常莫名其妙感觉寒冷，发颤，我总会将这个症状与这一天相连。从此我是个怕冷的人。从此我也是个怕人群的人。我生命里来自社会的冷，来自县城的冷，就在那几天形成。很多个夜晚，我喝下中医开给我的配方酒，喝下那些天南海北的风物，以期待消除体内的积郁，消除体内的寒冷。我丝毫没有一点怀疑，我的寒冷有一部分来自这个下午，来自这块土地。

等到他出现，我已经被淋成一尾鱼。因为走廊里总是进进出出的学生，为了让他们不是每节课都可以看到我，我躲在了他必经的路口。

这便是这所学校留给我的记忆。第二天，我被分配进宿舍，开始了我的府中生活。

那一天夜里，在回去的路上，我又一次被淋了个透。同创在县城的郊区，只有一列公交车，我乘着回去时候已经很晚了，还要走一大截路，重要是几乎没有路灯，路上坑坑洼洼，一路踩溅了很多泥巴。我到那里去，以后的钱怎么办？家人也没有做解释，朝不保夕，怎么办？家里没有钱，掏不起学费，三年，至多是粮食提供，我又去哪里借？我不知道有那么多灾难等着我，甚至将我整个的活力吞噬。我一个人淋着春雨往同创那支已经拒绝了我的架子床上走，道路高低不平，我的心也起起伏伏。我的姐姐自然是爱妹妹的，但她也那么小，那么稚嫩，她只能给我一点拥抱，却还要我学会乖巧一些，听话一些，因为责怪不了更厉害的人，只能责怪妹妹的不懂事。

这就是我的县城。

以后多年，我一直都怀着这种凄凉的心境，在我的县城来了又去，去了又来。我没有想到我一生里所有痛苦的日子，都在接下来的几年里会经历。我也没有想到，就是这几年的经历，让我在逃离这里乘上南方的车子就像身上长出翅膀一样，我明白，再没有什么苦难可以绑住我的灵魂，再没有什么人可以将我束缚，我要这天，再也挡不住我的眼。事实上我后来做到了吗？根本没有。然而也许我做到了，我知道哪些是对的，哪些是错的，我沉默，但我的灵魂忠诚，对自己或对他人，我都是审判的，我并没有一团和气，在一种共同捏造的光明里糊涂地活着，我总是一个人，一生里我大多的时光一个人，我辨别着哪些是应该的，哪些即使存在，也不应当。

而接下来，我必须独自一人去扛起那些苦难，扛起那些凄凉。

对于那所由姓材的人家建立在黑色煤炭之上私立学校，我一直都是知道它流着血的，所以并没有责备过任何人。包括那里的同学以及那些老师，在以后的岁月里遇见他们，我也会选择伸出我的双手。事实上，我几乎没有遇到过。对于他们我并没有多少热情。迄今为止，我没有一张高中照片，没有任何一张的。不知道什么时候起，我决计将这当成一种秘密。大学，我也没有拍毕业照；研究生，我亦然。我讨厌那种群体的合谋，独自的心怀鬼胎，我讨厌任何一种合唱。世界永远属于独奏，合唱是一种阴谋。那时候我就已经明白这一点。

不过，我不得不说，那些老师、那些同学，也有一些是不错的。可是，那时候我觉得世界总体是无赖，我只会侥幸碰上个好人。我讨厌无赖。

理想、审美、品德、幸福、未来、主人……这些明光闪闪的词自那个年月经常出现。人们对高中的孩子，使用最多的词——理想。这些词出现在书本上还是好的，而出现在教师的口中，就成了一种划分。这些悦耳的词对于我来说却是一种嘲讽，因为我们生活在一个冷酷苍凉的地方，粗粝、苦涩的沙水你不得不喝下。书籍给我打开了另一扇大门，让我知道我的生活是那么的贫瘠。

我走在这旧日读书的街道上，县城里，没有人来认出我，我也不会认出谁。十年了，准确说是十一年，我离开这两条狭小幽暗高低不平的街道，离开我的故土。我必须认出一个媒介来表明我与这座县城的联系。那么，一，就是我出生在这个县城一家已经拆迁的房子里；二，我在这里读过高中。府中对面是县城的旧汽车站，前几年长途汽车总会开到这里；同创旁边是县城的新汽车站，开往我村庄的车子就在这里。那时候同创已经废弃了，短短的，甚至没有超过十年，就废弃了。

往往，我站在府中对面的长途汽车门口，看着府中，我忐忑不安却又似乎有所期待地希望里面出来一个人，认出我。比如樊，比如，后来的一个嫌弃我没有钱打疫苗将我在大庭广众之下羞辱一番叫凤的女老师。我怕遇上他们，但是，对于他们的蔑视，让我在心里很想多年之后看一看他们的样子，面相是否依旧狰狞，也或者，是我太过狭隘，误解了他们？我必须强迫自己去承认有另一种可能。毕竟，在一种精光闪闪的文化合谋里，教师是园丁，干着剪刀手的工作；教师是人类灵魂的工程师，鲜血淋漓地捏着人的魂魄；教师是黑下去的烛光，蜡炬成灰泪始干，这何尝不是一种折磨？我怕是我狭隘，我理应赞美的没有赞美。对于无法对生活进行太多的讴歌，我也心存愧疚，生而在世界，有太多的东西令我抱愧。人会像鸟一样死于自身的羞愧吗？

我驻足在府谷中学大门的对面,一家叫海富的大楼前,楼的阴影完全遮挡了我。接着往右走,一家棺材铺,卖一些冥衣冥指,再接着,两三家面馆,然后就是旧汽车站的大门了。小城的很多人从这里离开过,我也是。有些离开了再也没有回来。

就如我在的时候一样,大门锁着,仅仅留一处出入,还有照门的老头。一所墓地,或者一座活人冢,也可以是一座监狱,给我就是这样的感觉。我丝毫没有敲开这扇门踏进去的冲动,甚至,我还能感觉到来自身体的颤抖,那是黑暗记忆的颤抖,我必须不断暗示自己,我已经离开了这里,虽然日子并没有过得好起来,但绝对不会比在这里差。永远都不会了。那样黑暗的日子早就宣告了终结。

有一个旁门,叫后门,拉炭和运输食物走那个门。我知道管制的并不严格,也许幸运的话,我可以溜进去。但我根本不会溜进去。

我只会待一小会儿,每一年,只要我回到这里,我都会在这所中学的对面或斜对面待一小会儿,待那么几分钟,然后逃犯一样走掉。对于作案现场我现在犹有恐惧,我知道我并不是唯一的灾民,但我们并没有彼此安慰,灾难永远都独自体会,痛苦是真的,从不说谎,无论世界充满多少假象。庆功宴才会人堆人,失败者永远都独自离开竞技场。

用文字描摹生活已近十年,毒液一样地要去掉我曾经经历的那些肮脏,那些痛苦。可是对于高中的这一段经历,却模糊的彻底。我很仔细地去想我的那些同桌,我的那些同学,我发现我并不能完整准确地说出他们的名字,当我对这座县城巡礼,对我所待过的两所高中巡礼,我的身体湿漉漉的,就像被什么攀爬过了，泥泞不堪，但我不能清晰准确地说出我经历了什么。一切都毫不连贯，就像那条警笛长鸣拉着我府谷中学的犯人边向军走过的那条街道，我的回忆里充满灰烬，但灰烬却串联不起从前。因此，我写出的，只是片段，在灰烬上茁壮成长起来的文字片段。

在前面的文字描述里，我已经讲述过了，府谷中学正大门对面，是一家叫海富的商城，我们在的时候建设的。低层是商铺，高层是酒店。高层兼职做色情生意。对，你没有看错，一所中学的对面。同学们屡见不鲜，但是，一个上午，语文老师尘满面鬓如霜走进教室，大声几乎："怎么可以这样，十几岁就扔下一个孩子，被活生生扔下来。"很快，隔了不久，我们就知道，对面海富扔下一个男婴，当然已经摔死了。隔了很多年我们才知道，那时候我们的语文老师一直渴望生个男孩，他对于高楼上扔下一"只"男婴是多么无法忍受，就好像他自己的孩子。不过我们并不觉得有什么可怕，死人的事情多着呢，我们已经退休的老校长，在大会上一次次三令五申："五千人的学校，死人是随时的事情。"我们的同学上着上着课就不见了，睡着睡着就醒不来了，走着走着就被人捅刀了，这些还好，至少有迹可循，无迹可寻的是那些一段时间消失一段时间又回来的。事隔多年之后才知道，他们进了精神病院。必须时隔多年，我们才能看到这些青春的骨灰，哪些是骨头，哪些是粉末。

随着海富在府谷中学周围建立起来的，有人人家、国贸、长河商场等。长河改了名字，但都建立成了高楼大厦。这城市越来越繁荣，河滨公园也修了起来，新的建筑物继续在耸起，只是那些修建高楼大厦土豪接二连三听说得了癌症，人们说这是报应，因为沾着煤粉发财的人，大多手上沾着鲜血。然而，谁知道呢？

四

  一个新环境使我重新变得寂寞起来，比以往的寂寞更甚，在这里，我过了几年极其放纵的学校生活，以至毕业考得一塌糊涂，离二本差四分。

  当然，客观原因亦是有的。我想我必须写下这些，才能获得我彻底的平静。过分地早熟让我将一切装在心的荒野里。这么多年，也就是从十七八岁开始，我不再在向同辈展示我的友谊，我也不爱他们所崇拜的韩寒和郭敬明。那个年代，周杰伦也开始盛行，可是对于这些我只觉得悲哀，我重新爱上了小时候背诵的唐诗宋词，语文卷子里的每首诗词我都很快背下来。最大的爱好，我喜欢到黄河边去听黄沙的声音，在小笔记本上，写下我幼稚的情感和思想，一本又一本，为了省纸张，我写了背面写反面。我的祖母对我说，"不要浪费大树"。

  我在这里待了两年半，接着又是一年，没有阳光，没有雨露，甚至缺乏食物，一切都是贫瘠的，我的骄傲全部被剥夺。

  衰落的北方的小县城，就是这几年，煤粉生意火热盛行起来，寒冷的气候和沙漠的干涸却控制着我，让我日渐萎缩，天空也到处是阴霾，我变得那么脆弱不堪，却又汗毛直竖。

  我需要一个借口，让我逃离这里，我需要雨，需要更多的夏天，需要南方，需要永不落叶子的植物，需要有一面湖……

  我听着自己灵魂的哭泣，不知道发声在哪里，以至多年之后，只要一想起这几年生涯，文字就自动附上一团郁结和颓丧色彩。

  府谷中学，说出这个名字，曾经有多少从这里走出去的人感觉骄傲，现在也令很多人骄傲。但不是我，从来不会是我。我的高中生活没有什么可资回忆。府谷中学，本来蹲踞在一座小山上，或者可以说，一片岩石上，从远远看是这样的，那是一座建立在山上的城市。随着时间的推移，逐渐往下，就形成了一个坡，像一块梯田一样，它的身体狭小扁长，在它身体的下方，出了正大门，就是府谷县城的繁华地段，第一道街的街中心。开始，这座县城只有这条主街，实在狭小，后来扩展了黄河边的道路，逐渐拓宽了街道，修了二道街，三道街。我的高中时代，只有一道街算得上是繁华的。接着就发展起了二道街三道街，然后有了河滨公园，县城由贫困县进入了小康县，仅仅是因为开采了矿产资源而已，主要是黑色的血液煤粉。不过最近几年国家限制煤粉发展，小康县开始返贫，前几年修建的高楼像鬼城一样在新区和以前的职中坡矗立着。

这座学校很早就有了，但以前不叫这个名字，以后不过还会叫这个名字，在不远的几十年。它准备搬到新区去，这里要废弃了。不知道为什么，当听到这个消息，我有隐隐的愉悦感，像是一种毫不作为的报复，也如同这么多年我一直受着因它而来的刑期一样，它搬迁了，不再是一所学校了，改变了旧时踪迹，我的内心就会好一些，我也不再是压在这座坟茔底下的孤魂，我可以叫出体内多年因为这所学校而积郁的寒，晒干它们，一次又一次。单单想到它要搬迁，我的那种痛楚也会有所缓解，好像一棵树下埋葬着死尸，但至少现在上面是一棵树，枝繁叶茂，花朵擎着自己向天空里走。

冰冷空寂的街道，一截又一截的石头，悠长寂寥的高中岁月，就这样在新的南方学校展开。

那些琐碎的故事毫不足道，却差点磨光了我在世的热情。关于这座学校，我记得最深的是第八套广播体操的音乐，同学们下课站在楼道一排一言不发的沉默，狭窄的宿舍，以及，教师的讥笑。

没有树，连灌木几乎也是没有的。在这里读书的岁月，我想不起一棵树，除了漫天的风沙，就是室内点着蜡烛上晚自习的岁月了。那时候经常停电，可停电一点都不浪漫，教室里挤满了人。一人一根白蜡烛，营造寂静无声的恐怖。

日子缓缓地过去，可是我被定在教室第一排的最拐角。所有的学生都可以换座位，两周一次，而我，为了让中间的一个孩子有机会在中间换来换去，就只有定海神针一样定在第一排的最拐角。两周一次，或者更久一点，对我还好的一个女生，叫高瑞，会回到我身边来，坐着。她是这个班唯一对我表示了友情的人，因此我一直记得。我还记得一个姓杨的漂亮女孩，她实在是可爱，脸上堆满了酒窝，永远都笑笑的，即使她骂人你也觉得她美。她的身材很好看，窈窕，脸上却有婴儿肥，然而看着让人很舒服；她走起路来的侧影最好看，就像要往云里去，因为她总昂着头，而走路的样子像踏着琴键。这个女孩子永远不知道，她的笑是我高中岁月最明亮的一撇，惊鸿照影。其他，没有了，一点都没有。

她有她的清愁，她受着大多人的爱，五十六个人，选班长，永远都是满票，永远都是她。连她自己都是认可自己的，绝不多投一票，不给别人，她给自己，唯一的自己，她不浪费自己，不对别人进行虚与委蛇地赞美，我欣赏这样的自信。那是第一次有人用爱她自己的方式告诉我人可以自爱，可以自己要自己。她已经懂得恋爱了，男孩子们喜欢她，女孩子们也喜欢她。即使那些为她争风吃醋的人，即使她骂人家的爹娘问候人家的祖宗，人家也还是爱着她。就是这个姑娘，我小县城的花，让我知道生活是美的，而美是亮晶晶闪着光的，即使麻脸班主任樊老师丑得像只海马，也在这样的美面前，想起来时候愿意微笑一下。不过，不愉快的景象随时跟着，我的北方岁月，我最初的人生二十年，充满风沙。

以后十多年过去了，我过着四处飘零的生活，三四年换一个城市，但并不觉得比这里更忧郁更饥寒，人世的白眼再多，也绝对不比这里多。我在我故乡的乡土，差点遭遇了灭顶之灾，而那些灾祸却实在难以为语言道出。那种不适宜生长的环境使我狭窄怯懦和自卑，无能却又自傲，看不上别人，同时也看不上自己。因此，对世界也缺乏基本的信任。

我在这座学校的一千多个日日夜夜，完全把我磨炼成了另一个人，为我自己所陌生。

在这里，我没有和书本发生友谊，也没有和师生发生友谊，偶尔的那么一点，不算。我最大的享受是早读课，以及星期四的一堂阅读课，我们可以登上楼梯，穿过长长的走廊，到三楼拐角的一间大房子里去，那里面有一些期刊，有标着《海峡》的杂志，全名我已经忘记了。我只看这本杂志，其他人看《读者》《意林》等，我只看这个。海和峡我只在地理书上看到，姓樊的老师，很不耐烦地向学生们指出马六甲海峡，就这些了。我心中，海和峡有另外的样子，有碧蓝的水波，有云天，我的灵魂缺水，我身处沙漠，我需要海。

我不满意的仅仅是图书馆藏书太少，仅仅几本杂志，最里面放着正规书籍的地方不让人去的，也不让人借。

我跟图书馆的阿姨交好，求着她，偶尔，在黄昏的一些时光，她会放我进去看书。一个已经不再年轻的女性，有几十年的光阴被那个说五千人的校园随时死人的校长挡着，不让她登讲台，把她贬斥到这个很少有人来的地方，做着图书管理员的工作。我是以后很多年才知道，不只是中学，大学里也是这样，那些无法被当权者清理出门的老师，敢于反抗上层的下场，就是到图书馆去，负责去看那些树木做就的死尸，不能再每天面对活人，不能再在讲堂上向学生开口。除了阅读课，这所三楼背阳的图书馆，是一座隔绝的荒岛。也许，正因为如此，受贬斥眼看着要退休的老年女教师，才允许我到这里来看书。她应该也看出了我是被排斥的，不受欢迎的，我们在彼此的委屈里找到了一丝安排，弱者向弱者展示了同情。

总之，那些相处的时光，她会给我提供一些书，而我，会和她窃窃私语几句校园的"掌故"，两个人各有所怕，谁也不敢过分说什么。我们对话时候眼神是飘的，很怕有人看见或听见什么。

中学已经懂得恋爱了。初中，在清水，初三的一天，早晨，还是早读课，班主任老师猛地踹开教室，大声嚷着："真是滑天下之羞耻，回家羞先人。"骂了差不多一节课。后来才知道，一个初一的女孩子，怀孕了。我认识那个女孩子，胖胖的，圆圆脸，笑起来让人觉得很亲，个子并不太高。她家住温家峁，就在我每次回家坐车的中间站点上，她有时也会和我们挤一个车。孩子自然是打掉了，她也很快返校，不过再也不会大着声音和我们说话了。

有一些知情的人，说了这个说那个。好几个男孩子，不同的年级，其中还有一个和我一个班。那个男孩子，初中毕业就去学了开车，到我去读大学时，听别人说开车下到水里，再没有上来，水是鄱阳湖的水，他开大车，那时候鄱阳湖对于我只是地图上的一个名字。我总觉得跟那个打掉的孩子隐隐冥冥中有关系，因此毫不同情。

当我后来透过校门往里观看的时候，发现这座楼消失了，被别的大楼代替，簇新宽敞。唯一让我觉得怀恋的一间屋子，也被铲掉了。

我永久丧失了它们，尽管我从来没有拥有过。可是就这间光鲜朦胧的房子，就这个在学校工作不得意的老妇，才收留艰难岁月憔悴的我，给过我一些光，让我有一个安静的去处。

五

我二十岁才彻底离开我的县城，永别了那里的中学。一路南下，在长江的各个支流边的城市待了十年。人群里，我仍然是中学岁月造就的孤僻自卑的学生，带着一点过早成熟的忧郁，这些暗长绵密的时光，并没有在我离开之后抹去，而是影子一样跟随着我。我常常想，如果我有个比较安稳的早年生活，也许后来的青年岁月我可以快乐一点，以后的中年岁月我更可以安然一些。然而，我早年的生活环境，把这一切可能过早地抹除了，生活只有一种，而我不幸遭遇了这些。事到如今，对于过去根本毫无办法，在我逃离我生长的土地之后，我一再写下那里的风土人情，有人说是怀恋，有人说是思乡，没有人知道我的原始动力。而现在，他乡已经是故乡，就是客死异乡，也是我所求的，我从我故乡的小县城逃了出来，像一个可怜的脱北者，一路往南，往南，一路逃跑被攫取和追逐的命运。一个一无所有者，连文字都不可靠，却还是借以对文字的热情，以飞扬的方式对旧光阴进行涂抹，书下只有在文字里才可以进行的飞扬跋扈。

对于我那些昔日的高中老师，高中同学，时至今日，我还是没有什么过多的感情。中文系的毛病，让人多愁善感，可是想起我这几年岁月，我并没有想去责备谁。就是现在我遇到他们，在那条街上，我也只会缓缓走过，没有人认出我了，几乎没有人。在很多文字记忆里，我偷偷用着他们留给我的模糊印象，将他们改头换面，装进我的小说。对我的同学，我从来没有有过特别的厌恶和责备，甚至，我是抱愧的。那个年龄，那样的教育，连我自身都是无法给予别人任何愉悦感的。但是那些病毒一样寄生在县城中学的教师们，那个说五千人的学校随时可以死学生的校长以及他的一些同党，还有那祸害女学生让其流产最后辍学不负责任后来带我的姓樊的班主任，以及那个仅仅因为丈夫和一个女学生上床（未成年的女学生，邪恶的洛丽塔？还是小镇版的林奕含？一种诱惑反正形成。可怜的女孩子。）被自己逮到就狠狠苛责早恋并且嫌贫爱富的叫凤的女政治老师，则让我时到今日想起时候仍然厌恶。我想过，假如在那叫府谷的街上，在大白太阳的照射下，遇见他们，会不会喊出一声："你好。"我想我并没有这样的能力，我的那种无法抑制的厌恶之情一直在。并不是他们，并不仅仅是他们，我替他们悲哀和羞耻，同时为这片土地羞耻，为这些羞耻而更羞耻。

南北方都一样，这个世界的阴暗污秽之地一直存在，合理的生活是一种追求，不公和不义却是一种真实。不过，当我带着异乡的风尘回返原乡，我才知道早年就存在了一种对抗。我在文字里继续进行着这种挫败的人生体验，试图修改一些细节，但是文字并不能建筑真实的事情，一些尴尬的无法过度的地带，那些恶心的遭遇，都隐藏在我无可奈何的抒情里

衰落的北方，憔悴的黄沙，当我独自凭依南方长长的靠栏，会

其一种微妙的感觉，我会不断推敲字词，建立，推倒，再去建立。

"风飒飒兮木萧萧，思公子兮徒离忧。"一年一度，我会回到这座北方小城，天空和大地会再次变为土黄色，我的厌恶之感有时强烈有时缓慢。然而，当我置身于别处，我会有一种辽阔的温柔因它展开，我仿佛听见黄河和黄沙的哭泣，仿佛这些音乐出自我自己的内心。

而如今，南下十年之后回到西安，回到我所出生的故土的省城，回到一块地理意义上的板块纸中，我的文字日觉枯窘，我敏感而怯懦，甚至无法很好地胜任一份工作，与人群进行交流。我回头望向这些，渴望于迷离里，摸索到一条真正属于自己的道路。可是为什么，在成年之后，北方让我更加迷离呢？一条叫府谷的街，就是一张长幅卷轴，就是一堆文字的灰烬，这就是书写的意义？

回归，为了新的告别
——简评刘国欣陕北系列散文

周海波

如果不是读《城客》，也许不会有机会读到刘国欣的这些陕北散文。《城客》是刘国欣有意构造的一个富有想象的城市与故乡的双重世界，那个被称作故乡的陕北在作家笔下渐行渐远，但陕北仍然不断出现在她的叙事之中，与祖母一同存在，与红云一同存在。尤其那些与葬礼等习俗一起出现的故乡风物，让一个陌生的外来读者，感到新异与向往，产生诸多阅读的想象。但我想，一个年轻的作家，已经离别故土十多年时间，一个对外面的世界睁大眼睛的叙事者，她并没有真正建立起故乡的概念，她可能只是把故乡作为小说叙事的背景。但刘国欣还是书写了故乡，而且还是一个系列。当我读到她那些"民间陕北专栏"以及其他有关陕北的文字时，惊异于一个青年作家怎么能知晓那样多的故乡故事，了解那么多的故乡风俗，感受那么深的故乡情感，这让我这个行走于黄海岸边的读者，对书写黄土高坡的那些文字产生一种特别阅读感受。

一、文学地理学：记忆作为心灵的投影

　　与其说刘国欣是在写故乡，不如说她是在借故乡书写自我，寻找一个自我生命中的故乡，为自我的生命存在确立一个地理坐标。在当代女性散文写作尤其那些流行体的散文，越来越倾向于个人日常生活经验的时候，刘国欣却跳出于个人的经验，而回归到乡村世界，在书写故乡的具有地理意义的事物、人物与故事的过程中，寻找散文写作的意义。读刘国欣的陕北散文，让我想起鲁迅的《故乡》，想起沈从文的《湘行散记》，在鲁迅、沈从文的笔下，回归，是为了再一次的告别。回归中的故乡，必定带上了叙事者某种复杂的情感，那些曾经与之相伴的人情风物，即使一个香炉也会引发无限的感想。对于刘国欣来说，她的写作在向大师致敬的同时，试图表达对故乡的特殊感情。那些陌生化的风物，那些石磨，那些野果，那些可能只有陕北才有的信仰、仪式，可能是最让我这个外乡人感兴趣的，通过这些独具特色的风物，认识了另一种生活。她以极大的热情，并且调动了自己的艺术想象，为我们书写着与黄土高坡、塞外世界等极具地理特征的文学空间，书写着年的陕北、信仰陕北、风物陕北、生灵陕北、石质陕北，或者其他我们熟悉或不熟悉、经验过或没有经验过的陕北。这个陕北是刘国欣的陕北，但是，刘国欣使用"陕北"这个地理概念，也许是无奈之举，尽管"王家塌"更属于她个人的，更具有文学地理的文化和美学价值，尽管"陕北"这个空间地理早就被她的前辈作家使用，"陕北"已经成为一个公众化的空间概念，但"陕北"仍然是一个比较容易得到读者的认同，比较能够产生某种审美效应的地理意象。

　　于是，我们看到了游牧文化与黄河文化交汇中的陕北，看到了两种不同文化的夹缝中生存的文化，感受到了不同的生活方式，那

些不一样的年、画、石、火，那些不一样的生灵和信仰，不一样的仪式和祈祷，以及不一样的食物和用具。所有这些，都属于陕北，属于府谷，属于王家塔。因此，只有将这些风物置于一定的文学地理中，才具有文学的意义，才是刘国欣写作中的物象。在刘国欣笔下，这个文学地理包括与她的精神以及陕北文化相关的三个层面，一是王家塔，这是她的祖辈居住、生活过的地方，是她真实感受和承载情感的地理，或者说是她文学地理的中心。这一个王家塔虽然不能与鲁迅的鲁镇、沈从文的湘西、莫言的山东高密相提并论，但已经具有了某种文学存在的意义；再一个层面是府谷，府谷是容纳了王家塔的行政区域，也是在陕北系列中唯一一个具有行政意义的地理位置，这是作家为王家塔的地理定位。也许是作家对这王家塔和府谷两个地理空间的感受不同，因而在散文中也有不同的艺术表现，王家塔是有灵性的、鲜活的，是有人物、有故事的，而府谷则显得过于空洞与滞重。不过，作家的任务也许并非要为读者描绘一个艺术的府谷，而是仅仅是将其作为一个文学地理的概念呈现在读者面前，只有当她有更远大的创作设想的时候，府谷才有可能显示出其艺术价值。"陕北"是又一个文化地理概念，它不是一个具体的实指，但又是一个可以让读者进行阅读想象的所指，这里面联系着若干历史的文化符号以及读者的地理认同。但是，对于"民间陕北"系列散文来说，这个陕北是仅就王家塔而言的，是为王家塔提供的一个地理语景和文化语景，是为读者的想象而营造的艺术空间。所以，王家塔是陕北的王家塔，陕北则是王家塔的陕北。王家塔是陕北，府谷也是陕北，因此，陕北成为一个承载，一个想象，是作家的情感落脚点。如同沈从文的"湘西"、萧红的"呼兰"、张爱玲的"上海"一样，刘国欣的陕北构成了中国文学地理中重要的文学图景，虽然在年轻的刘国欣笔下的"陕北"还不能也不能与前辈们相比，但她已经具有描绘她的"陕北"文学地理的意识，有了这种书写的要求，并且已经营构了属于自己的富有审美品格的"王家塔"，一个充满了艺术张力的自然意象，一个能够为读者所接受的"王家塔"文学地理空间。当一个作家真正获得属于自己的文学地理空间时，也就寻找到了自己的书写方式，在一定的文体形式中，开始形成属于自我的文学性格。

当然，刘国欣笔下的文学地理，不是作为行政区划而存在，也不仅是地图上的某个地标，而是是属于刘国欣的地理，是她出生成长的地理，带着她生活的习惯与语言，承载着她的梦想和记忆。在刘国欣的作品中经常出现"我王家塔""我府谷""我陕北"这样的句式。从王家塔到府谷，从府谷到陕北，这几个不同的地理概念在刘国欣的笔下交替出现，形成了具有作家个人体验的文学地理；作为心灵记忆中的地理，是作家情感的皈依，又是她叙事中的逃离之地。这个文学地理是一个实在的陕北或者府谷，可能是一个想象性的地理空间，一个作为文化共同体而在的陕北。在《王家塔》中，作者多次提到"地理"这个词语。这个"地理"是从村庄的规划开始的，王家塔被定位于迁移新疆或者从旧的村落迁移的新的农村。于是，我们在作家笔下看到了两个不同的王家塔，一个是有"土"的王家塔，一个是"无土"的"王家焉"；一个是旧的，不愿意搬迁的老年人的王家塔，或者是作为情感之根的王家塔，这是一个有灵性的、血肉的，是可感可知的王家塔，这里不仅是生她养她的村庄，而且更是在书写中体现着乡村文化的乡村，是她祖辈生于斯、葬于斯的村庄；另一个则是被规划好的新的年轻人居住的王家焉，是王家塔的异地；一个是"我王家塔"，一个则是一板正经的"王家焉"。

应当说，刘国欣这样确立自己的文学地理，承担较多的写作风险。在她的前辈作家中，已经不乏陕北的叙述，如果她无法写出具体而生动的陕北故事，写出不一样的陕北地理，这些文字将会被淹没在浩瀚散文写作的角落里。但是，刘国欣却敢于在这种写作中表现自己，以独特的文学地理为当代散文至少是陕北的言说确立了新的评价机制。多年之后，刘国欣"能从地理上接受王家塬"，她已经"不再是纯情感上"看待那个王家塬了。那个规划整齐、建筑全新的王家塬已经不再具有实感，不再承载作家的情感。同时，祖母的逝去，带走了刘国欣对王家塬的最后的情感皈依，让本来能够有一个落脚点的王家塬，仅仅成为一个叫做故乡的符号。尽管王家塬还有她的牵挂，还有她的故事，还有她的记忆中的一切，但面对一个"只有一条公路的王家塬"，"已经废弃的王家塬"，在乡政地图上和国家的行政册子里，"王家塬已经成了王家焉"的那个地理位置，作家感受到的是一次情感的逃离，一次文化的无所归途。对中国作家来说，人们往往容易产生一种故乡的情感认同，当现代化的城市将人性一点点扼杀之后，当乡土仍然残存着人们的情感记忆的时候，回归是一种优美的文字书写。但是，与沈从文的回归湘西不同，也与萧红的呼兰故事不同，刘国欣为了告别而确定了故乡的文学地理。面对故乡，她感受到新的孤独，她"再也无法用孩童的眼光打量这个世界"，村庄不再如记忆中那般美好，童话已然消失。在这方面，她更接近于鲁迅式的故乡离别，回归，是为了新的告别，一次精神上的文化告别。

二、词与物：寻找故乡的书写方式

我喜欢刘国欣笔下的陕北，是从喜欢她的海红果开始的。她在《城客》中多次写到这种果实，后来在她的《王家塬》中读到了专门写海红果的章节，对这种果实产生了更深刻的印象。海红果是刘国欣进入陕北书写的意象之一，这个意象很可能是王家塬独具的，带上了深深的自然野性与文化归属的印记。我不知道这种果实有何经济实用价值，但我读出了海红果作为文学意象的美学价值，它将一个灰土色的陕北，通过海红果的红，一下子提升起来，使一个呆滞的地理空间，一下子具有了物的象征意义。

从海红果，我们还可以读到刘国欣笔下的石磨、锁、锅灶、火炕、火炉、黄米黍糕、年画等等，读到了让读者有点眼花缭乱的陕北的各种物，我有时会惊异于一个并未在故乡生活多长时间并且已经离开故乡十多年的青年作家，怎么来那么多对故乡风物的认知与书写能力，如数家珍般地一一说给读者。福柯在谈到词与物的关系时曾经说过："人们为了认识大自然而打开、钻研和阅读的书本中的重大隐喻，只是另一个传递的相反的和看得见的方面，而且是更为深刻的方面，它迫使语言存在于世上，存在于植物、草木、石头和动物中间。"或者说，物与语言之间的存在关系，可以理解为符号与言词之间的关系，各种风物作为符号的象征意义，通过语言获得实现，也通过一定的词语得到表达。海红果是自然意象，但又是一个符号，一个刘国欣刻意创造的与故乡、大地相关联的象征性符号，它是自然的、文化的、形象的，是刘国欣解读故乡的文化符号，也是她的散文写作的语言方式，是经由符号而到达语词的途径，词与物构成了一个复合的艺术世界。

刘国欣的"物"主要包括自然、风俗、社会等方面的与其书写方式密切联系在一起的陕北风物，这也是作家认识和表达故乡的三个切入点，是她的语言系统中比较纯正的故乡情结，也是从风物陕北到神性陕北的过程，也是刘国欣散文语言的形成与构造的过程。

对于现当代作家来说，也许每一个人都有一个诉说不尽的故乡，一个总有说不完的故事的故乡，这个故乡也可能与现代人的"乡愁"联结在一起，也可能与乡村的没落联系在一起。我想说的是，作为一位出生在、生活在农村，甚至她的生命世界中最重要的部分都落脚于农村的人，尽管她已经成为"城客"，拥有了一定的城市生活经验，但是，她却只能是一位无法落下脚跟的"城客"。她的生活世界里仍然放不下那些故乡的事物，那些与她的语言世界里的词语联系在一起的各种事物。她所捡拾的那些物象，不仅仅是一些与她的农村生活联系在一起的自然的、风俗的事物，而更是与她的语言世界联系在一起的事物。与其说她是在写那些记忆中的家乡风物，不如说她是在寻找曾经有过的语言方式，那些最初的与语言表达相关的让人感到亲切的事物。也可以说，正是在她的生活世界中，形成了那些与她认知世界相关的自然之物、风俗之物、社会之物及其语言方式。所以，那些苦菜、蒺藜、海红果、年、年画、石磨、棺材、领牲以及各种食物等，都是她一定的生活经验和语言方式，或者说是她生活中某个阶段的一定的语词，是这种语词所传达的特定的文化符号。在当代散文写作者中，像刘国欣这样偏重于故乡以及故乡的词与物的诗性书写者，应当并不多见。她的丰富广泛的言说方式以及叙述意象的确认，不仅在改变着她自己的写作风格，也是对整个当代散文写作的某些促动，可以洞晓她怎样把物的感兴升华为一种诗意的境界。

　　自然之物是刘国欣对故乡认识书写的感性表达方式。陕北的风物首先在于那些自然之物，这些自然之物与陕北的水、土，与陕北的地理环境相关。苦菜、蒺藜、苜蓿、红柳、海红果以及野鸽子、麻雀、鹧鸪、牛羊鸡猫等，这些陕北的自然之物，印记着作家少年时代的诸多故事，带上了诉说不尽的情感。但在刘国欣这里，她所书写的并不是那些无法说尽的乡愁，也不是让人留恋的童年或者带着伤痛的甜蜜记忆。她不想以所谓的诗意涂抹一个"有罪的农村"。所以，那些自然之物如苦菜、蒺藜，红柳，能够带给她故乡的信息，让她真实地感受到回到故乡，"这点缀山野的小黄和小粉花，让我觉得安心，仿佛我受着神灵的祝福，花朵在传情。不过，苦菜更情长些，因为实在是吃多了，受它的恩惠多了，在我骨血里流淌的河流多了，所以更有感触。"因为苦菜的苦，才有了苦菜的记忆。因为祖母，才会有苦菜的故事。如果没有了这一些，苦菜的意义也就不存在了。同样属于陕北的自然物，海红果和红柳就不一样。一个为府谷留下了可供骄傲的经济作物，而另一种则留下了某些伤痛。如她笔下的红柳是这样的："同海红果是我们那个县城的特产一样，红柳也是我们那里的专属植物，比海红果覆盖面积大一些。教师的教杆就是红柳条，粗的反倒打上不怎么疼，越细，柔软度越大，打得人背上一条一条的印子。红柳鞭，乡村人用来打牛，教师用来打人。"（《王家塄》）这种书写方式逸出于人们的阅读经验，让人们通过"物"加快故乡的习惯性思维，猛然产生了逆反的心理。似乎在刘国欣的笔下，那些自然之物并不是用来回忆的，也不是用来抒情的，而是用来告别的。红柳记载着少年学子们被打的记忆，正如那个存储了她少年记忆的王家塄也已经不再是原来的那个王家塄，一个带着乡愁的乡村，变成为一个新农村的时候，她没有任何告别的不舍，甚至也不会有什么特别的挂念。

　　风俗之物是刘国欣着力书写的故乡文化符号。风俗是陕北的，也是刘国欣生命感受中的。那些地道的陕北风俗往往与年节、死亡联系在一起，是由人的生死、婚嫁等生命形态而建立起来的一种仪式、信仰，一种特定的生活方式。年画、庙戏、领牲、猫鬼神、送灯、叫魂、纸火、炕头石狮、腊八节、棺材等，这些"物"，有的是实物，如年画、炕头石狮、棺材等；而有的则是想象之物，如猫鬼神、送灯、叫魂、腊八节等，这种物不是表现为实体，而主要表现为一种形式、仪式、文化观念。我不能不说，较之自然之物，这些风俗之物是最让我这等陕北门外汉感兴趣的风物，它给我以想象，给我以新奇，给我以阅读的空间，让读者从中可以感受一种属于陕北的生活世界，一种作家自我的语言世界之外新异的词与词语的经验，让我们看到了不一样的仪式，不一样的文化风情。

让我感到惊异的是，作家在她的"民间陕北"系列中，那么热衷于表现死亡，书写那些生命世界里另一种经验，一种与生命密切相关的仪式中呈现着的文化记忆。我觉得刘国欣似乎特别喜欢以欣赏的眼光和审美的语言来书写那些与死亡相关的故事。《送灯》中有这样一段："人殁之后，要在大门口扣一大纸盆子，就是盆子里放上毛纸，以年岁记，打草纸为冥币，上盖一张为祭天，下盖一张为祭地，中间这些，则是人在世间的年月，越厚，死者的寿命越长。烧一半，留一半，俗语里叫离门纸，也叫离门钱，离阳世的门，去往阴间。过往的其他村人旅客看了，就会大致猜出年龄。接着太阳落下，就是送灯了。送灯的仪式在亡人之后第一天举行，连着两个傍晚。人们对那些上了年纪的老年人心里怀着很深的敬畏，即使他们死了，也还能得享一部分荣耀，村子里的人家会尽量到这家来做客，送灯的时候也比平时隆重一些，烧阴间的房子车子等纸马白鹤的时候，小孩大人都跑出来看，感受那轻烟一缕带来的祥和。""人死如灯灭，但灭掉的只是在阳间的灯，此间灯灭，彼间灯亮。因此，府谷乡下，人死之后，也许才讲究送灯。现在的一些村落，仍然保留着这传统，我们村子就是，即便搬到了新农村，老人们亡故之后，还是要坚持连着两个晚上送灯，为亡灵照明。"读这样的有关"送灯"的文字，感觉作家所写的似乎不是与死亡那么密切的故事，而是在欣赏生命的另一种状态，是人生的一次不可缺少的必然的过程，这个过程就是一种仪式，是一种美的生命状态。而当我们阅读《叫魂》《纸火铺》这类文字时，总会引起人们某种阅读经验和生活经验，在亲切中产生文字上的享受，或者说，阅读者被作家引领着步入人生的另一个世界，感受鬼神，感受死亡，感受陕北独特的死亡文化以及神秘文化的滋润。

我们可以认同刘国欣这种写法，她的风俗之物超越了一般意义上的为故乡的风俗寻找一个定位，为一种文化涂抹一种色彩。她所写的那些的风俗之物，主要是为文化确立一个标本，是对在一种文化氛围中的生命方式确立一种价值。所以，在她的笔下，死亡是一种告别，也是一种存在。以死的方式表现存在，和以生的方式表示告别，都体现着刘国欣对故乡的一种态度。因为这里有她的最爱，她的最痛，她与这个世界最切近的关系和情感认同。

社会之物是刘国欣不得不写的故乡构物。我想，刘国欣是很不愿意书写那些社会之物的，甚至有些故意的躲避。但她躲不过，避不了，她不能不用自己的文字去书写那些浸淫于陕北文化中的社会之物，石碾、面人人、面燕燕、节气、坛子、村庄、院子，与风俗相比，这些社会之物相对更具有生命的活跃状态，是一种生命的此在。但是，在刘国欣的笔下，这些有生命的物又往往给人一种呆滞、单薄的印象，甚至在写作中也出现某些滞重，我怀疑她有一种不得不写这些社会之物的无奈之举，缺少了这些物，她的陕北可能就是不完整的，但这些篇章又的确不如她那些写死亡的篇章更具有文化的厚度和文字的灵性。当然，我们也可以读到"石质陕北"这样富有质感的文字。刘国欣曾说过，北方人善于以形立意，南方人善于以客观存在传意，因而也有了北方人与南方人不同的表达方式。生于北方而又在南方求学的刘国欣，对这两种文化都有浸染，吸纳着不同质地的文化滋润，所以，她既能够拥有北方人以形立意的厚实，也有以文字传意的轻灵。这就较好地解决了她的故乡散文中比较滞重的材料，能够退一步审视那些凝重的人与物、物与故事、故事与仪式。所以，她可以不喜欢书写社会之物，但她提笔写作时，又可以以词的象征激活那些呆板的社会之物，让这些社会之物在想象的文字中注入符号的意义，从而具有了某种书写的艺术活力。

三、思与情：诗意的在与变

与现代作家比较善于表现乡愁不同，在刘国欣的笔下，她的情感并不是通过乡愁表达的，或者说，她无意于通过对故乡的书写，来表现现代知识分子在传统与现代的矛盾中所要刻意表达的乡愁。乡愁带有一种浓重的恋乡情结，是牵挂与留恋中的乡土意识的表现，是现代知识分子启蒙话语中的乡村表达。但在刘国欣这里，她在告别故乡的同时也在告别"乡愁"，或者说，她在书写故乡的过程中，表现出了强烈的告别故乡的意识。

告别的，不仅仅是一种故乡，而且也包括被散文写作普遍看好的"诗意"。这让我读到了刘国欣一贯的反叛式写作。当代散文写作中，诗意化是一种普遍的追求，一些散文作品在词与物的象征化运用中，逐步走向诗的写作，尤其所谓"小女人"写作的趋向，表现出对散文写作的诗的追求。但是，刘国欣的散文写作却试图逃离散文文体的诗化倾向，一个从反乡愁到反诗意的散文写作者，已然出现在读者面前。我并不是说这种写作倾向一定就是散文写作的趋向，但我却认为这是当代散文写作值得关注的一种现象。

从中国古代散文来看，散文文体讲究的是形态、风韵、气度等，是在文体写作中的理趣。诗是属于诗的，散文写作中可以有诗的风韵，但散文却不属于诗，散文应有散文的形态与气度。散文的形态主要是写出散文应有的风韵与风情，是散文特有的理趣。也就是说，从古代文章中发展而来的现代散文，虽然不再是一般意义上的文章，而是具有了"文学的散文"的文体意义，但这个"文学的"并非简单地以"诗意"就可说清楚的。对于散文写作而言，"文学的"可以有多种理解，或者说，文学的表现手法可能有多种表现形态，比如说，当现代散文是从现代传媒的相关文体衍生而来的，那么，这种散文的文体特征就在传统散文文体的基础上，带上了鲜明的现代报纸、杂志的文体特征。基于这样的认识，当代散文还需要从散文的文体形态出发，重新理解词与物的符号意义。刘国欣的散文在类型上是现代传媒的产物，从故乡风物的角度写出了人与存在的关系，即在深刻把握自我与故乡关系的基础上，从文体上写出了那些带有自我特征的词对有关物的展示与呈现，并在对故乡风物、风俗的叙述中，写出了天地之间的人生感悟。于是，我们读到了刘国欣的散文在传达有关生存、生命以及带有个人体验的诸种生活记忆，那种逐渐远离的日常生活经验，读到了她为她的散文所构造的词与物的新型的象征关系。

刘国欣不是以矫揉造作的所谓诗意作为散文写作的审美品格，而是努力回归散文的本体，以散文化的叙事与言说达到散文艺术的彼岸。从这个角度说，刘国欣的知识考古学更多的通过散文写作使散文所记述的一切都能成为"知识考古学"的基本材料，其叙事也会成为一种散文化的艺术手段。因此，可以说让刘国欣是一位叙事能力较强的作家，她能在散文文体的写作中将那些比较难以处理的思与情，很好地融入叙事之中，在一定的故事中隐含自己的情思。思，是散文写作中不可回避的，是散文的言说方式之一，或者说，散文的艺术呈现在某种程度上主要表现为具有美学意义的哲思，是以言说的方式所表达的散文情思。刘国欣的散文并不是那种老练的成熟的文体，甚至在某些方式她只是从言说的角度写出了她经历或经验过的故乡，通过这个故乡言说对于生存、生命的哲学之思。因此，刘国欣主要抒写自己身边接近的人物及其故事，具有阅读上的亲近感，我们可以在她的文字中，看到亲身经历着的鲜活的陕北文化、陕北风俗、陕北自然，读到一部亲历的活的陕北风俗文化史。不过，由于作家在陕北的时间以及她的自身经历的局限，她还没有真正拥有更多陕北的生活，缺少必要的能够支撑"民间陕北"的材料。所以，这个"民间陕北"只是一个民间视角中的陕北，一个曾经生活在陕北的陕北"土著"的民间陕北。

《信仰陕北》未必是作家最好的最满意的一组，但却是最能让我心动的、与经验相关的作品。这一组作品所写都是溢出于人们日常生活经验的事物，或者都已经被人们当作"迷信""被拒之以社会生活"之外，但这些经验却是那么让人心动，让人心痛，让人感叹。《送灯》《叫魂》《纸花铺》都是已经离我们远去的民间信仰，但经过刘国欣的叙事与言说，都带上了散文文体的某种诡谲与文化祛魅的力量。

比如被人称之为迷信的"叫魂"，随着医学科学的到来，叫魂这种最具迷信特色的仪式早就消失了，但是，作家写来，不仅仅介绍了如何叫魂，让我们重温叫魂的温馨与怀念，而且叙述在"叫魂"过程中，让人们明白了某些仪式对于人所产生的心理暗示，会对身体产生多么大的影响，"叫魂，是陕北乡下为病人祛病的一种巫术方法，是一种民间医疗方法，大到重病卧床，小到小儿夜哭，总会使用叫魂术。……过度讲究科学也是一种迷信。"也许真的是这样，迷信与科学，这个现代文化发展过程中纠缠不清的问题，完全可以在"叫魂""这种民间仪式中得到一种言说的可能性"。"叫魂"不在于是否能够治好孩子们的病，而在于求得安慰，精神上的解脱，在于一种民间仪式所具有的宗教仪式般的精神感召。对于刘国欣来说，她未必能在其乡村生活的经验中能有几次叫魂的经历，祖母给星星叫魂的经过似乎历历在目，但她通过那些形象而生动的文字告诉我们的，是在言说一种民间仪式的真与爱。"也会有人给我叫魂，小孩子是喜欢叫魂的，没病也要装病，为的是想得到大人的在乎，感觉自己是被爱的，尽管那时候连爱这个字也不知道，但是知道这一种感觉。"刘国欣笔下的这种感觉真的太美了，写出了民间亲人间的关系，显示了亲情的感觉有时会影响到人的生理的变化；在这里，叫魂叫出的是对亲情的怀念，对内心情感的呼叫，人的魂回归附体了，精神回来了，像《叫魂》这样的散文，将一种民间仪式象征化，寓意化，将民间的日常生活，通过呼叫的方式，把我们内心丢失已久的仪式感从荒凉的街头拣拾回来。这样的叫魂为读者呈现出了某种哲理式的思，和思的情之所在。

《石质陕北》中的《小石狮子》也是一篇隐匿着民间信仰及其文化形态的散文作品，一尊尊冰冷、坚硬的石狮子，让刘国欣写得那样有生命的质感，有情有温度。作品一反人们常见的寺庙、衙门和墓地的狮子的形象,而直接进入到陕北民间日常生活中的小石狮子,那种造型温润、质朴可感的"可以摆在炕头拴娃娃的小石狮子"。如果说《叫魂》是对民间信仰的言说,那么《小石狮子》则是对生命的意识诉求,是一种与生命相关的民间图腾的书写。另一篇写石的《石碾》也是一篇表现陕北民间日常生活的作品,它是人们甜美生活而痛苦回忆的表征。某种意义上,石碾是一个坚硬的符号,是一种生活方式的象征,它既是农村生活的象征,与人们生活相关的劳动之一,但却是生活水平低下的表现;同时,它也是一种文化的象征,一种生活方式以及带有怀旧特点的文化象征。是某种痛苦记忆的表现,劳作、艰辛、困苦等让人们对某些时代的记忆更加具体,从而石碾带上了陕北文化的隐喻,把人们的文化想象带向更深邃的生存记忆。有意思的是,在刘国欣笔下,这些带有一定写作温度的、生命灵性的陕北物象,往往是已经消失在人们的视野中的,已经成为收藏家的爱好,或者只是回忆中的物象了。甚至《年的陕北》《生灵陕北》以及《老院子》《陕北年画》等篇章,我们除了感叹时代变化之快,还能够在这些作品中读到历史的文化承载。刘国欣在这些作品中也许更想告诉我们,随着乡村改造以及乡村生活方式的变化,有些物品会远离人们而去,由实用而艺术化,成为收藏家或展览会上的珍奇。由此而言,刘国欣不是带着读者回到曾经的那种生活之中,她没有留恋,没有感伤,因为,每一个人需要生活在当下。她同样没有在回忆中实现乡村文化的回归,她要做的,是通过一定的距离重新审视那些曾经是人们身边的事物,重新思考那种生活,回味一种生命的状态和生活的形态。

这组"民间陕北"系列散文也许只是刘国欣故乡书写的开始,但已经是一个了不起的开始了。她为读者描绘了一幅新的文学地理，开掘了新的物与词的哲学内涵，展示了不一样的陕北的某一方面。当然，如果我们以更严格的文学眼光来看这些作品，也许会发现刘国欣在写作中存在的一些问题，包括对故乡的记忆与理解、乡土地理文体写作的史料与故事的准确性等问题，但我想，不必过于苛求，因为刘国欣给我们留下了很多空白，很多期待。如果说刘国欣的陕北文学地理还有发展空间的话，那么，以王家塌或者刘家大院为中心的陕北文学地理，必定能够在中国的文学版图上留下浓重的一笔。